192154

La sirenita

Dirección editorial: Raquel López Varela
Coordinación editorial: Ana María García Alonso
Maquetación: Concepción Moratiel

Título original: *Die kleine Seejungfrau*
Traducción: María Victoria Martínez Vega

© 1999, Esslinger Verlag J. F. Schreiber GmbH, Esslingen - Wien
P. O. Box 10 03 25 - 73703 Esslingen - GERMANY
EDITORIAL EVEREST, S. A.
Carretera León-La Coruña, km. 5 - LEÓN
ISBN: 84-241-1633-X
Depósito Legal: LE. 521-2005
Printed in Spain - Impreso en España

EDITORIAL EVERGRÁFICAS, S. L.
Carretera León-La Coruña, km. 5
LEÓN (España)
Atención al cliente: 902 400 123
www.everest.es

La sirenita

Hans Christian Andersen

Adaptado por
Arnica Esterl
Ilustrado por
Anastassija Archipowa

EVEREST

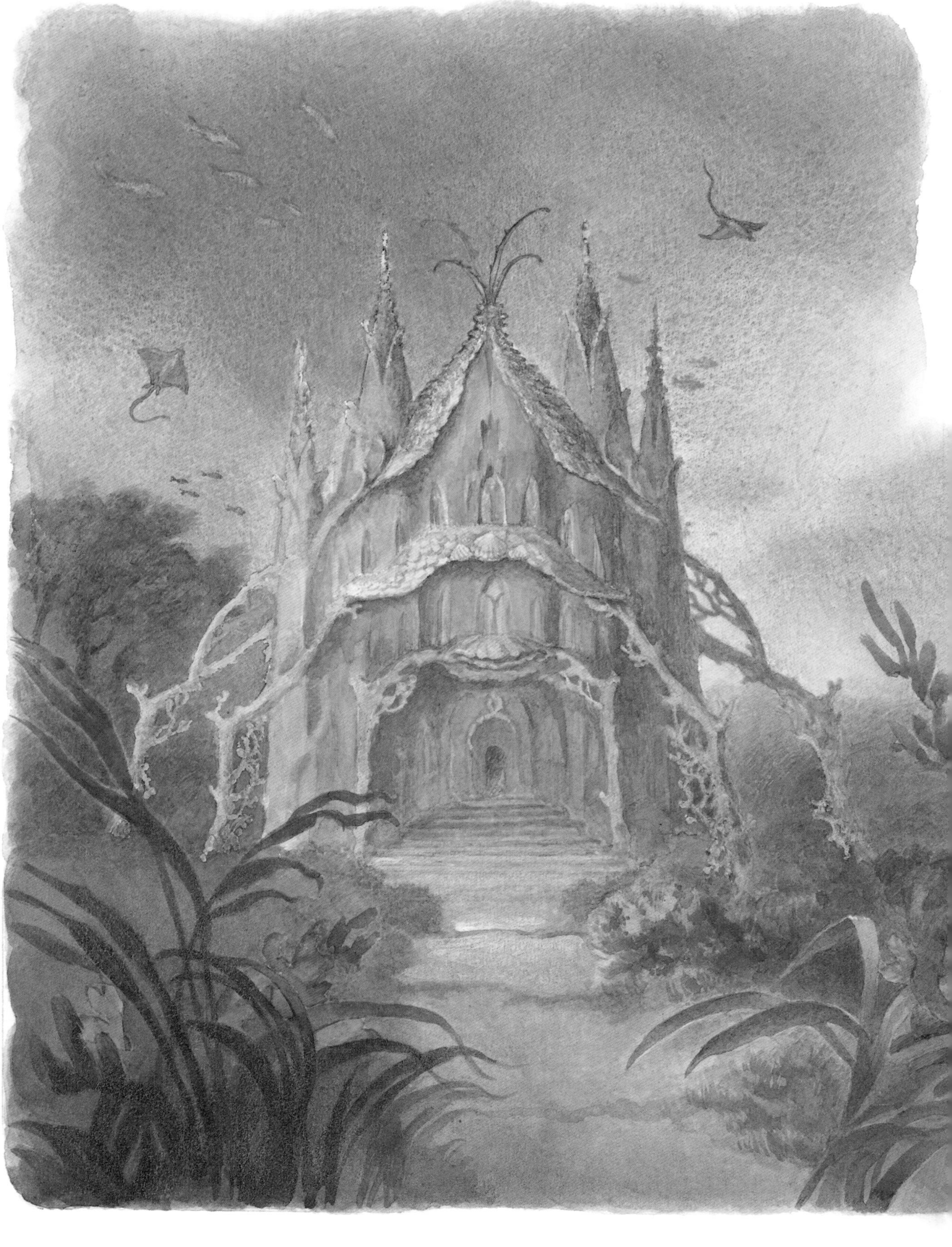

Mar adentro, el agua es azul como el aciano y transparente como el cristal más puro, pero también tan profundo, que habría que apilar un sinfín de campanarios para llegar desde el fondo a la superficie. Allí abajo crecen árboles y plantas de una singular belleza, cuyas hojas y tallos son tan finos que se mueven con el más mínimo movimiento del agua. Todos los peces, pequeños y grandes, revolotean entre las ramas como los pájaros lo hacen en el aire.

En el lugar más profundo se encuentra el palacio del rey de los mares. Las paredes están formadas de corales y sus ventanas, muy grandes y puntiagudas, hechas de ámbar.

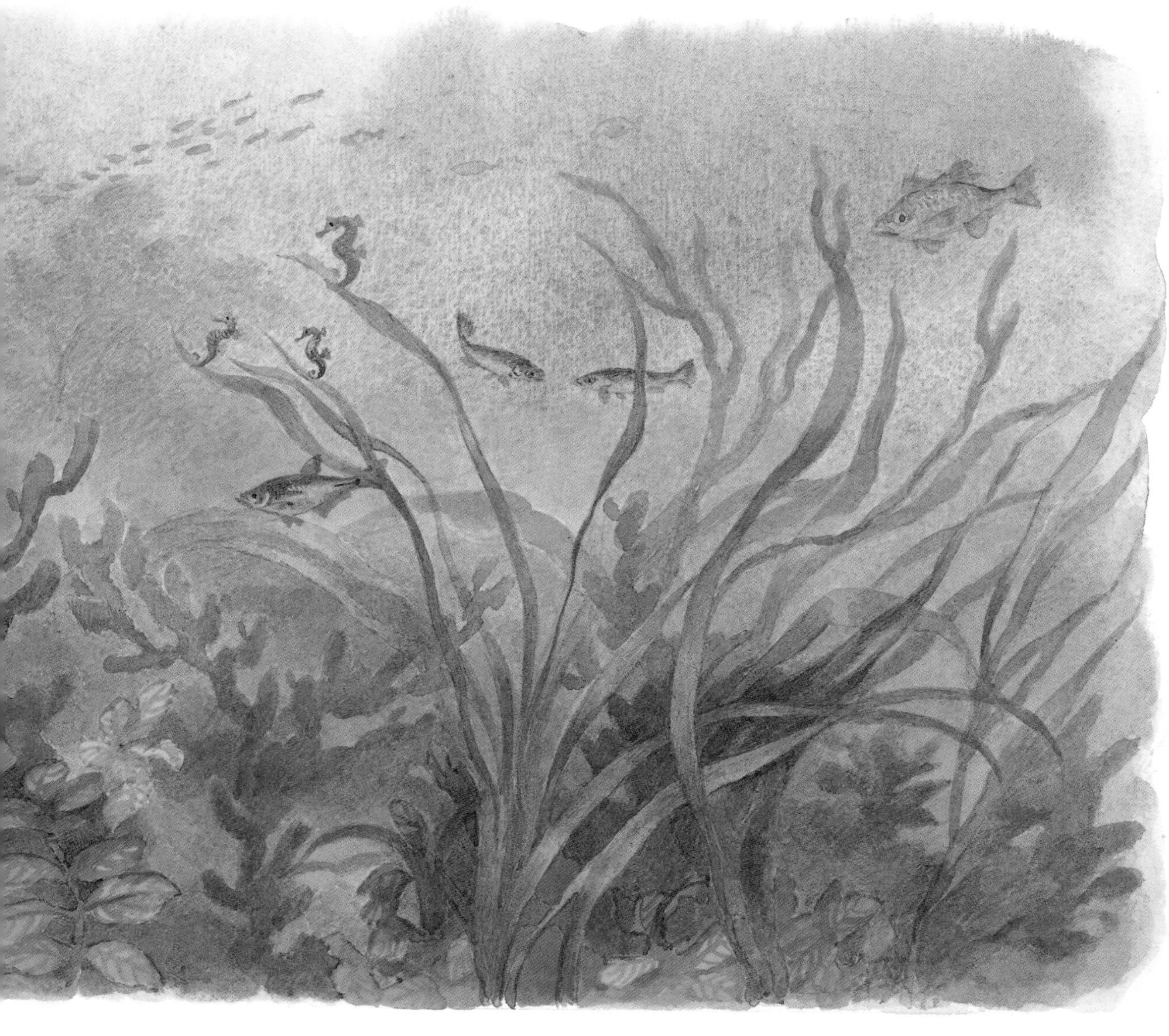

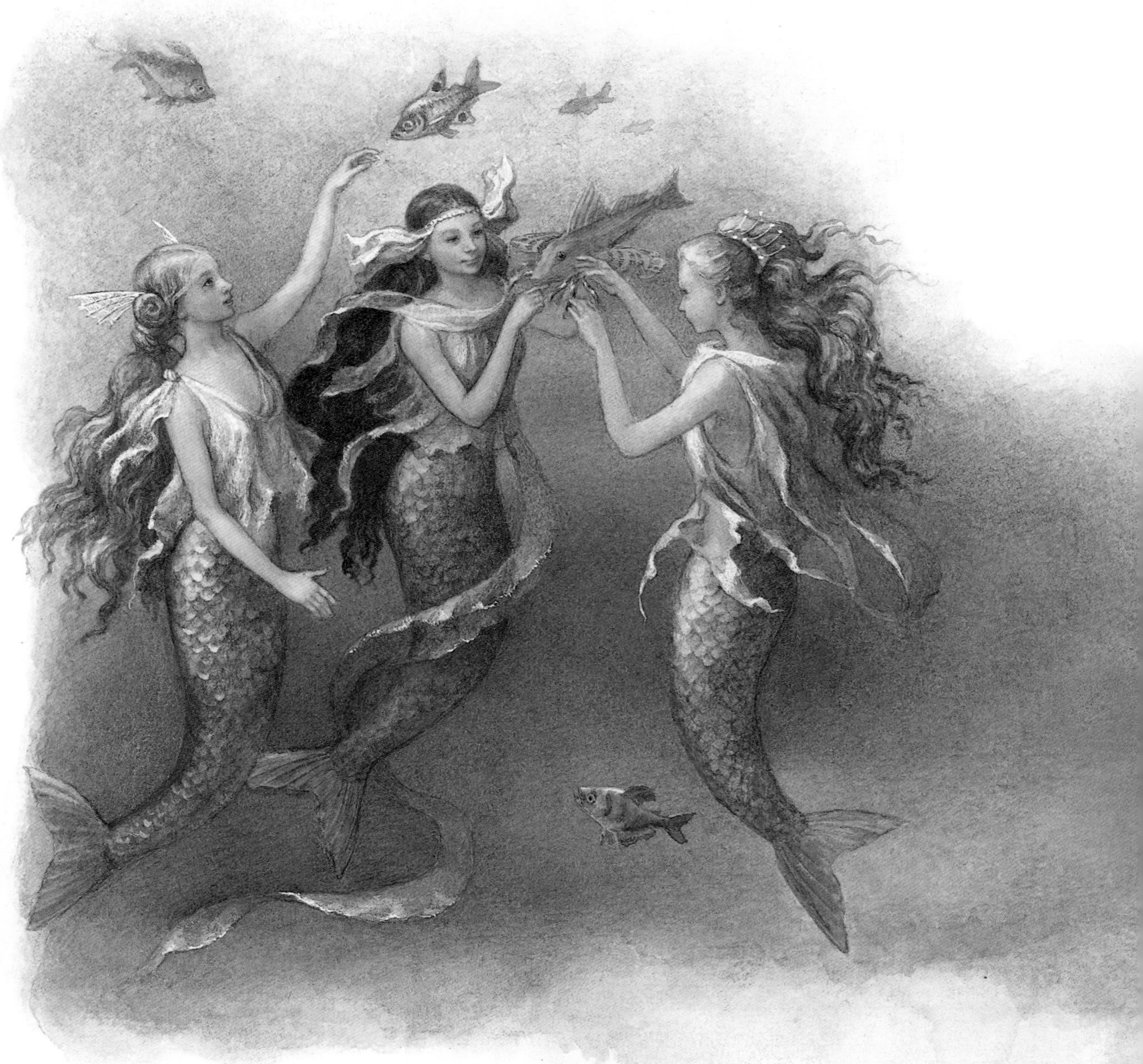

El rey de los mares era viudo desde hacía muchos años y su anciana madre era quien se encargaba de organizar el palacio. Era una mujer sabia y quería a sus nietas, las princesas, por encima de todo. Eran seis doncellas muy hermosas, pero la más joven era la más bella de todas. Su piel era tan suave como el pétalo de una rosa, sus ojos tan azules como el mar, pero, al igual que las demás princesas, no tenía pies; su cuerpo acababa en una cola de pez.

Las seis hermanas jugaban durante todo el día en palacio, cuyos muros estaban cubiertos de hermosas flores, y los peces entraban nadando por las ventanas abiertas y se dejaban alimentar y acariciar por las princesas.

En el exterior del palacio se encontraba un enorme y cuidado jardín que estaba repleto de flores rojas y azules. Por encima del jardín se extendía una luz tenue de color azul y cuando el mar estaba en calma podía verse cómo los rayos de sol atravesaban el agua. Parecía una flor púrpura, desde cuyo cáliz se desprendían destellos de luz.

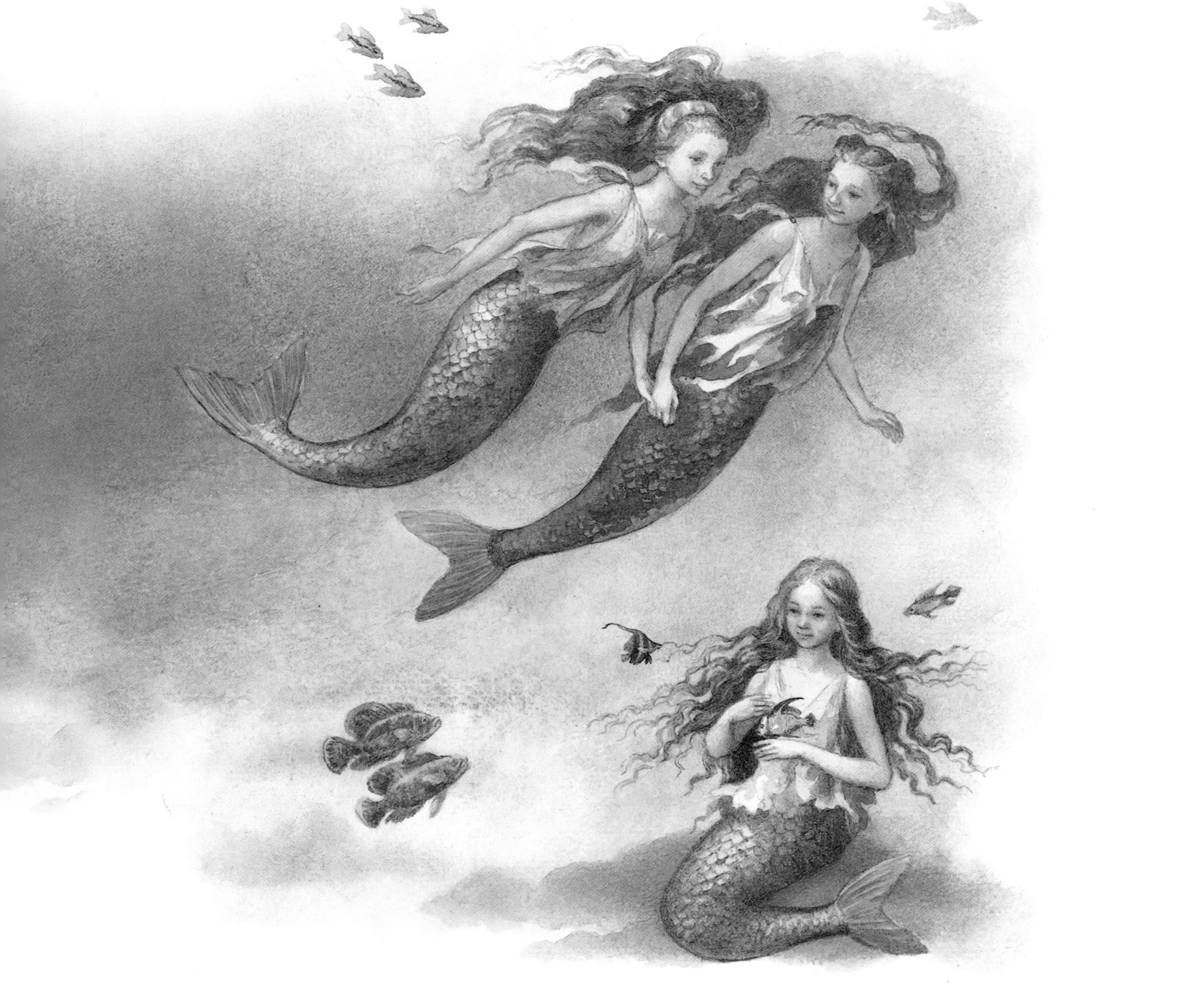

Cada una de las princesas tenía un lugar en el jardín donde podía cavar y plantar a su antojo. La más joven dispuso su zona en forma de círculo, como el sol, y solamente tenía flores tan rojas como el sol.

Era una joven extraordinaria, callada y pensativa, y a excepción de las flores rojas sólo había colocado una estatua de mármol blanca que había caído a las profundidades del mar al naufragar un barco en las proximidades. La estatua era un joven hermoso y junto a él plantó un sauce de color rojo, cuyas frescas ramas colgaban hasta el fondo azul del mar.

Una de sus mayores alegrías era saber sobre los humanos; su abuela le contaba todo lo que sabía acerca de los barcos, de las ciudades, de los hombres y de los animales. Le entusiasmaba pensar que las flores que crecían en la superficie desprendían un agradable aroma –en el fondo marino no era así–, y que los bosques eran verdes, y los animalitos que arriba se veían sobre las ramas podían cantar y trinar.

"Cuando cumpláis quince años", decía la abuela, "podréis subir a la superficie, sentaros sobre las rocas a la luz de la luna y ver los grandes barcos, los bosques y las ciudades".

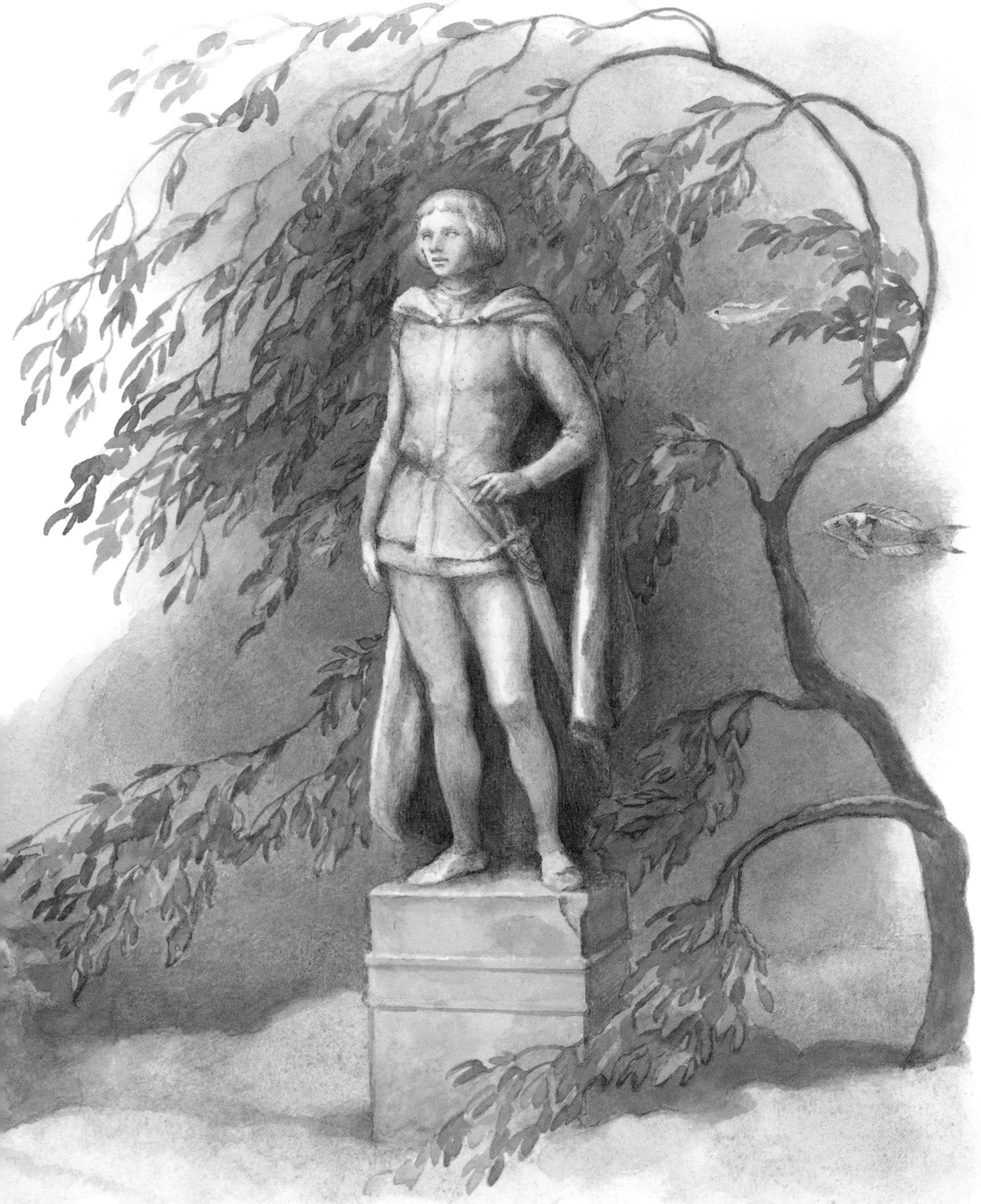

El próximo año la primera de las hermanas cumpliría los quince; cada una era un año más joven que la anterior, por lo que la más pequeña aún debería esperar cinco años para poder subir a la superficie.

Y precisamente ella era la que más lo deseaba, la más callada y la más pensativa. Alguna noche se quedaba junto a la ventana abierta y contemplaba lo que había más allá de la superficie del agua.

Podía ver la luna y las estrellas, y si aparecía una sombra negra, sabía que o bien se trataba de una ballena o de un barco con gente.

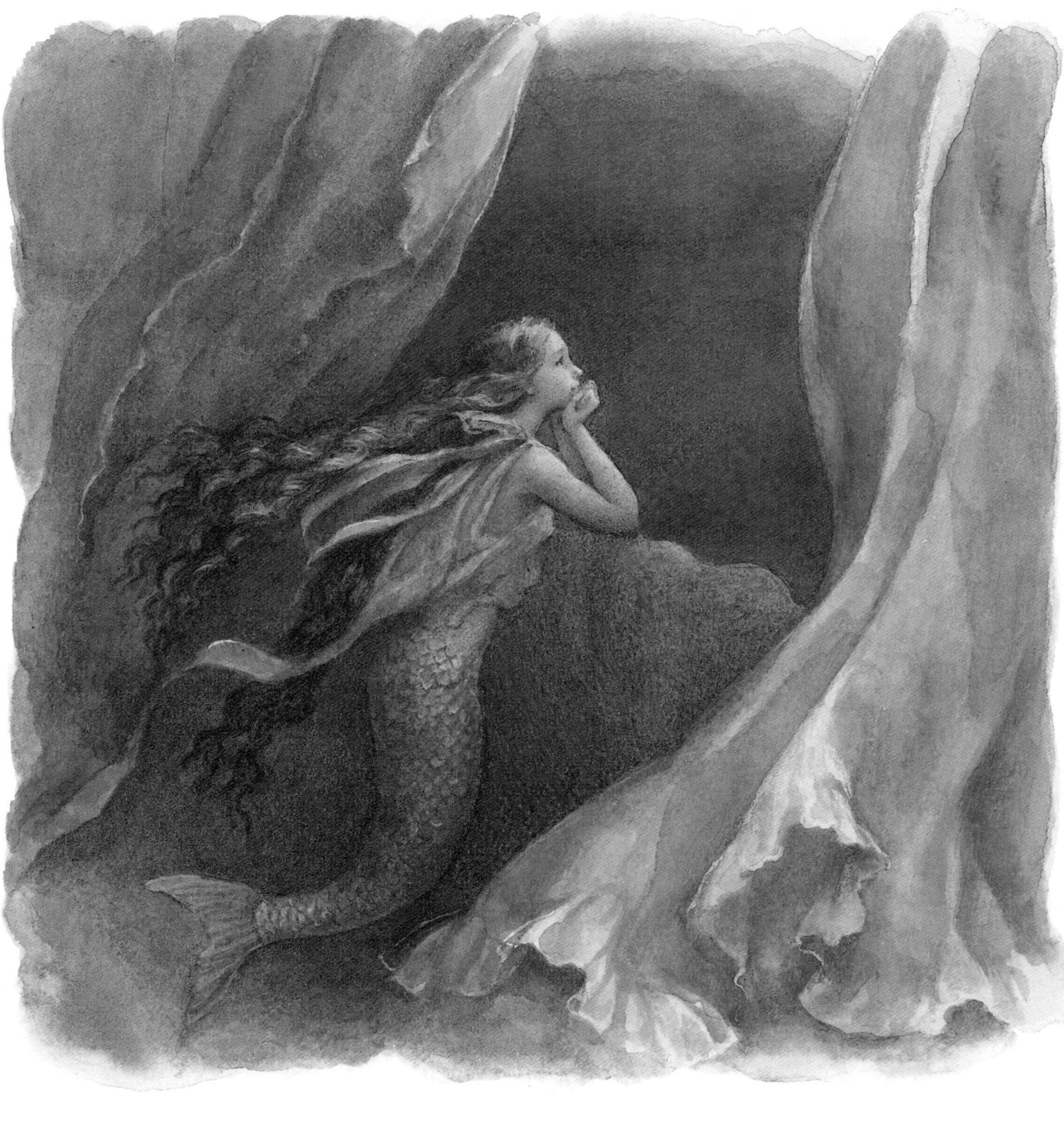

Ahora la mayor tenía quince años y podía subir a la superficie. A su regreso tenía miles de cosas que contar. Pero lo más bonito, según ella, era tumbarse sobre la arena y contemplar la costa y la ciudad, con sus luces, el ruido de la gente y el sonido de las campanas. Al año siguiente subió la segunda de las hermanas, al ponerse el sol, y este momento fue el que más le gustó, ya que el cielo lucía como el oro.

Un año más tarde ascendió la tercera de las hermanas. Contempló las verdes colinas cubiertas de vides, vio palacios y residencias se-

ñoriales. En una pequeña cala encontró multitud de niños que jugueteaban en el agua y nadaban, aunque no tenían cola de pez.

La cuarta de las hermanas se quedó cerca del mar, observando los delfines dando saltos y vueltas en el agua, y las ballenas que echaban agua por los orificios nasales.

Cuando le tocó el turno a la quinta de las hermanas, era invierno y el mar estaba teñido de color verde y sobre él flotaban placas de hielo, sobre las que se sentó y dejaba que el viento jugara con sus largos cabellos.

Todas contaban las novedades y las cosas bellas que veían, pero como ahora ya tenían permiso para subir cuando quisieran, acabaron por perder el interés. Donde mejor se estaba era en casa.

Sólo la más joven anhelaba observar el mundo de los hombres, y al ver partir a sus hermanas se quedaba mirando, con unas ganas enormes de llorar. Pero como las sirenas no tienen lágrimas, sufren más aun.

Por fin llegó el día en que cumplió los quince años.

—¡Ven! —le dijo la abuela—. Deja que te adorne como hice con tus hermanas.

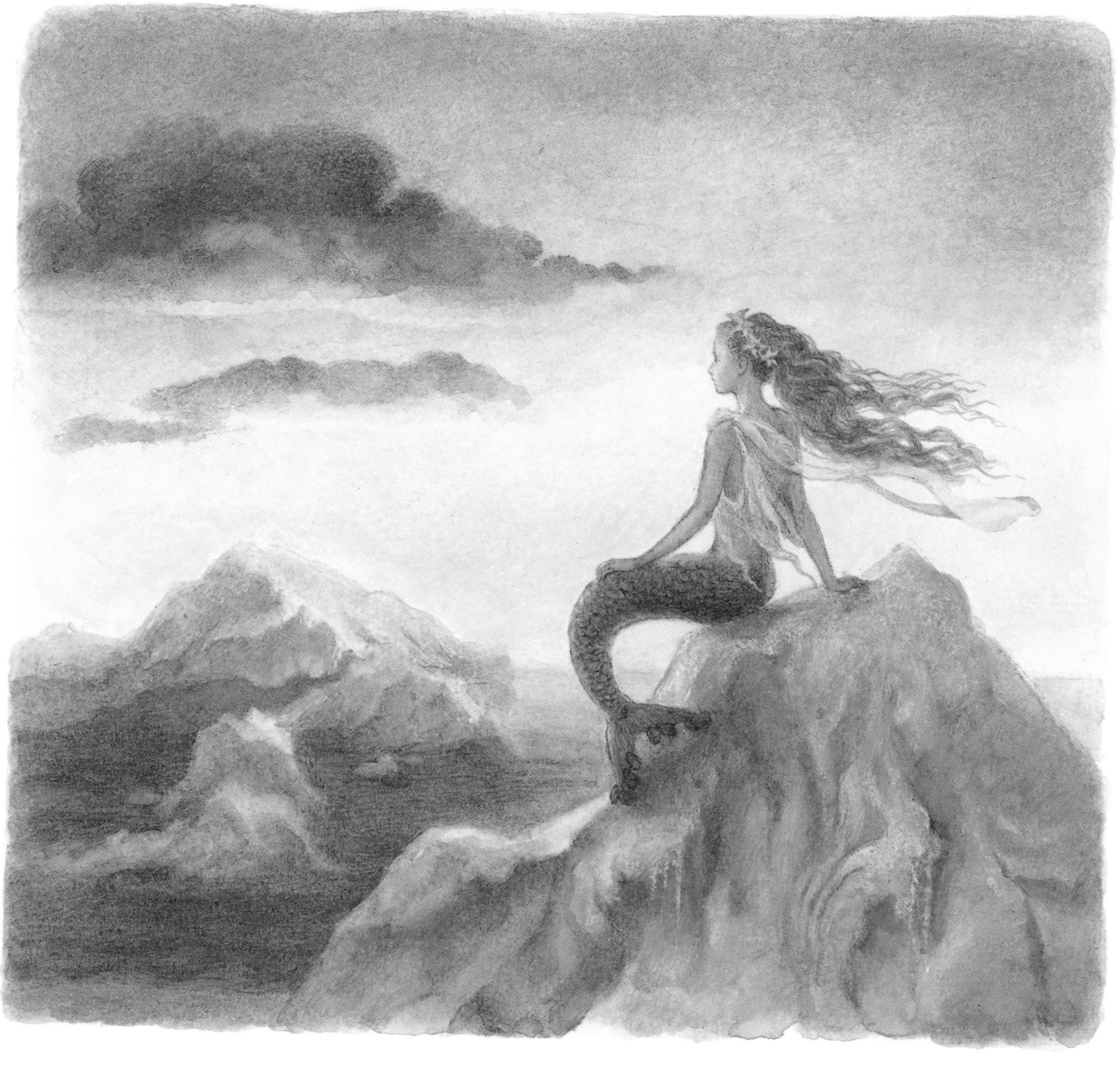

Le colocó una corona de lilas blancas sobre sus cabellos; cada pétalo era la mitad de una perla. La anciana le sujetó ocho grandes ostras en su cola para mostrar a todo el mundo el alto rango de su nieta.

—Esto hace mucho daño —dijo la Sirenita.

—Quien quiere estar bella, debe padecer —le respondió la anciana.

El sol acababa de ponerse cuando la Sirenita sacó la cabeza a la superficie, las nubes aún brillaban como las rosas y como el oro, y el cielo estaba cubierto de estrellas. El mar estaba en calma. Vio un gran barco; había música y la gente bailaba. Cuando ya era de noche, se encendieron cientos de farolillos multicolores.

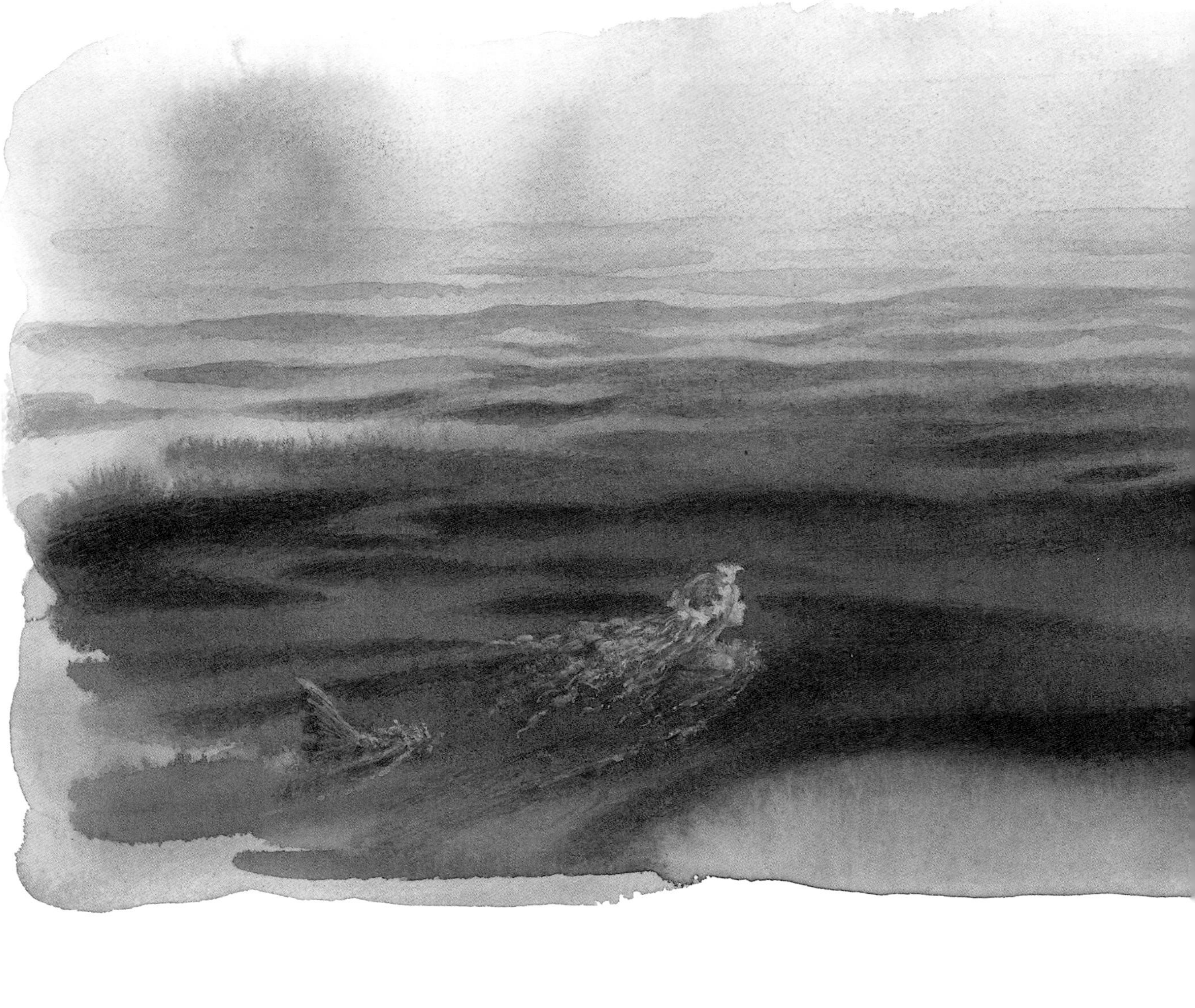

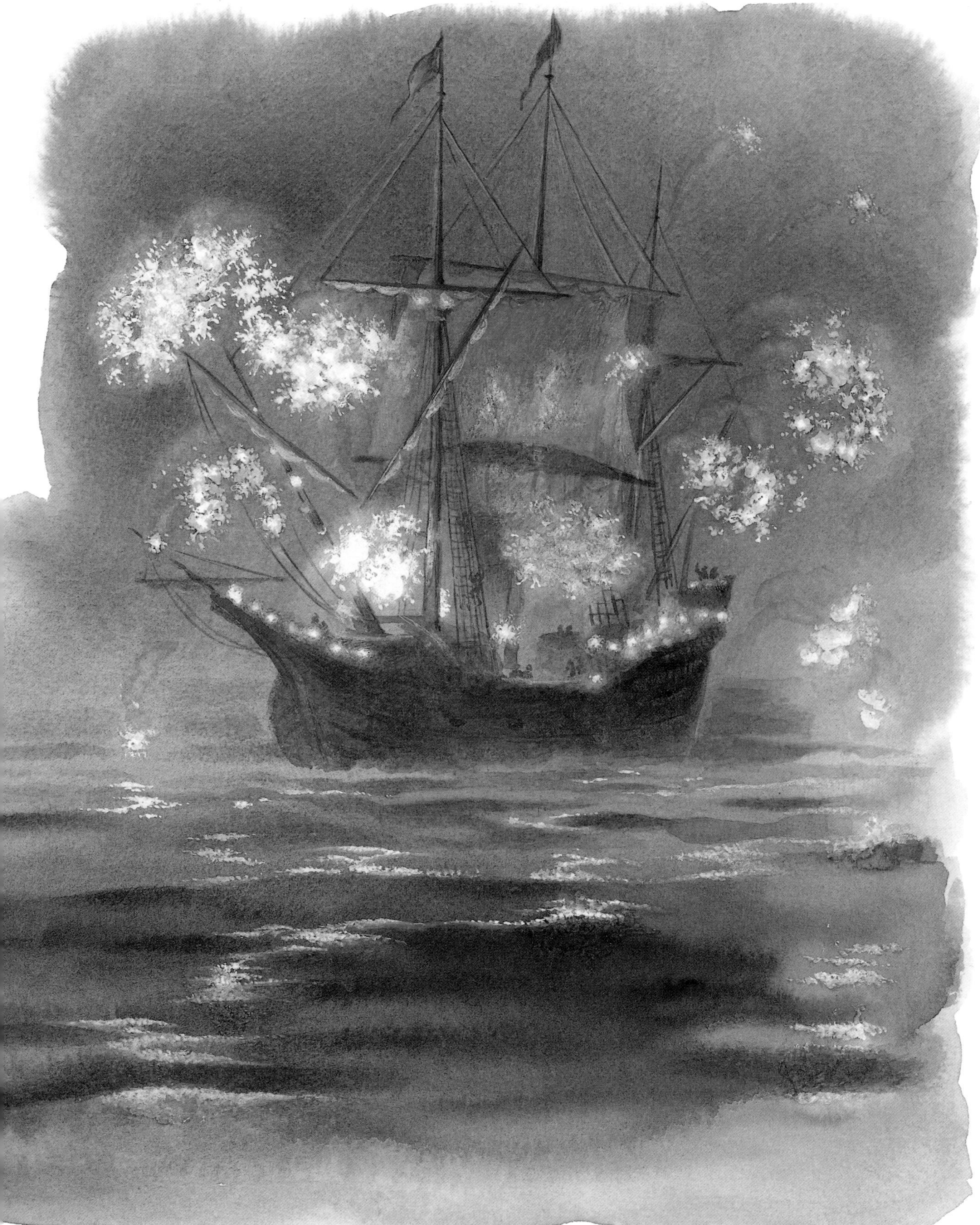

La Sirenita se acercó nadando hasta una de las ventanas y cada vez que el agua la elevaba por las alturas, podía contemplar el interior del barco, donde se encontraba una multitud de personas. Pero el príncipe era el más hermoso de todos, con sus ojos grandes y negros. Seguramente no tenía más de dieciséis años; era el día de su cumpleaños, por eso lo estaba celebrando. Cuando el joven príncipe salió a cubierta, tiraron cientos de cohetes al aire y parecía que era de día. La Sirenita se zambulló en el agua, asustada, pero pronto volvió a sacar la cabeza. ¡Qué guapo era el príncipe y cómo sonreía mientras extendía la mano a las demás personas!

Se estaba haciendo tarde, pero la princesa no podía desviar la mirada del barco ni del hermoso príncipe. Los farolillos se apagaron y el barco comenzó a navegar más deprisa; las olas se hacían cada vez más grandes, aparecieron grandes nubarrones y se veían relámpagos en el horizonte. ¡Se estaba acercando una tormenta!

El barco se balanceaba sobre el mar bravío, se sumergía como un cisne entre las altas olas y volvía a aparecer sobre las aguas turbulentas. A la princesita le parecía divertido, pero a la gente del barco no. Se oyeron crujidos y estruendos, el mástil se partió por la mitad y el barco comenzó a tambalearse mientras el agua entraba por todas partes. La princesa comprendió que estaban en peligro y sus ojos buscaban desesperadamente al príncipe. Le vio justo cuando el barco comenzó a hundirse.

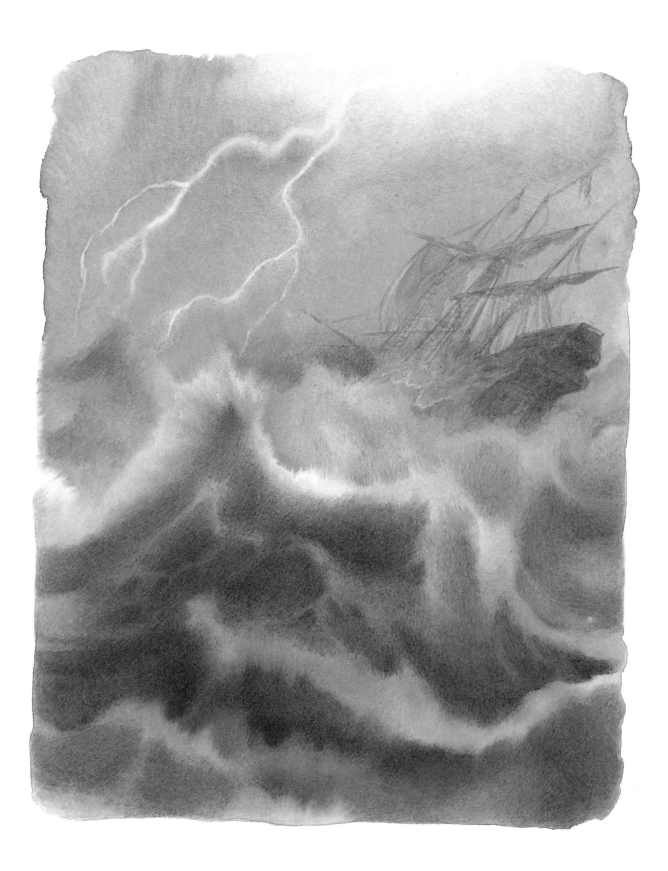

En un primer momento la princesita se alegró, ya que ahora el príncipe bajaría con ella a las profundidades del mar, pero luego se dio cuenta de que no podría vivir en el agua. No, el príncipe no debía morir, así que nadó entre las vigas y tablones buscándole.

Finalmente encontró al muchacho que ya apenas tenía fuerzas pa-

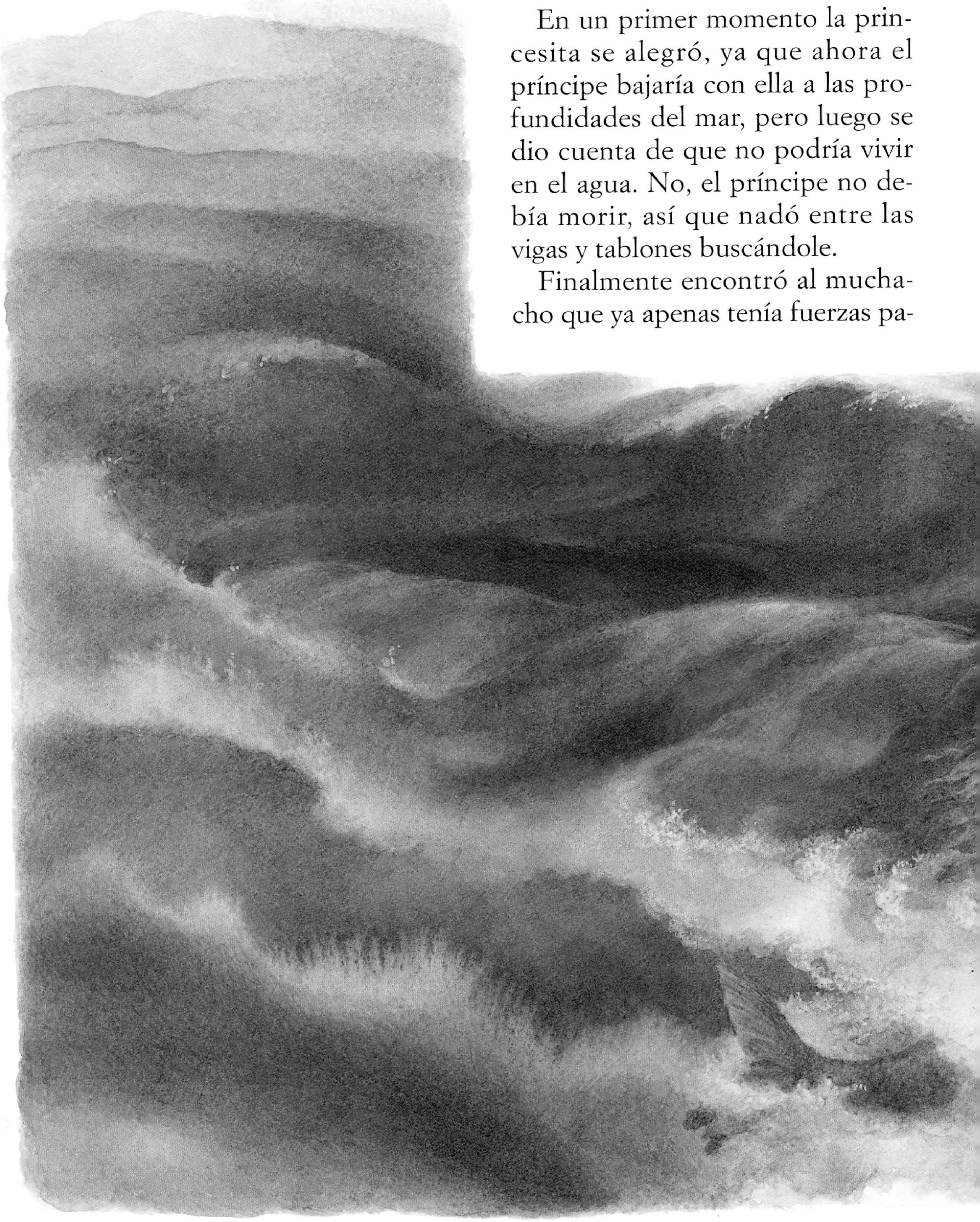

ra seguir nadando. Sus brazos y sus piernas comenzaban a flaquear, sus preciosos ojos se cerraron; habría muerto si la princesa no hubiera llegado. Sujetó su cabeza y se dejó llevar por las olas.

A la mañana siguiente el temporal había cesado, el sol brillaba con un color rojizo sobre el agua, pero los ojos del príncipe perma-

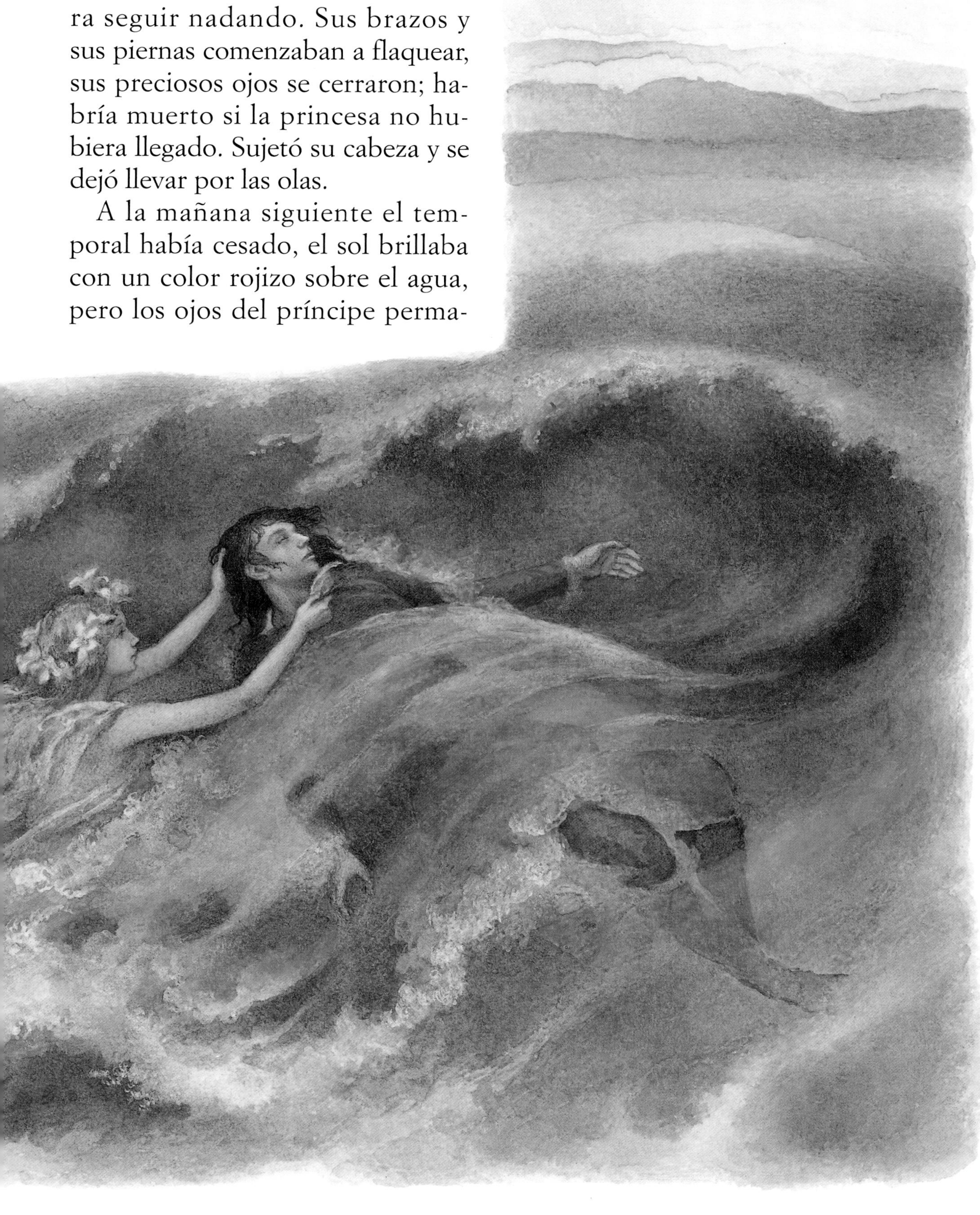

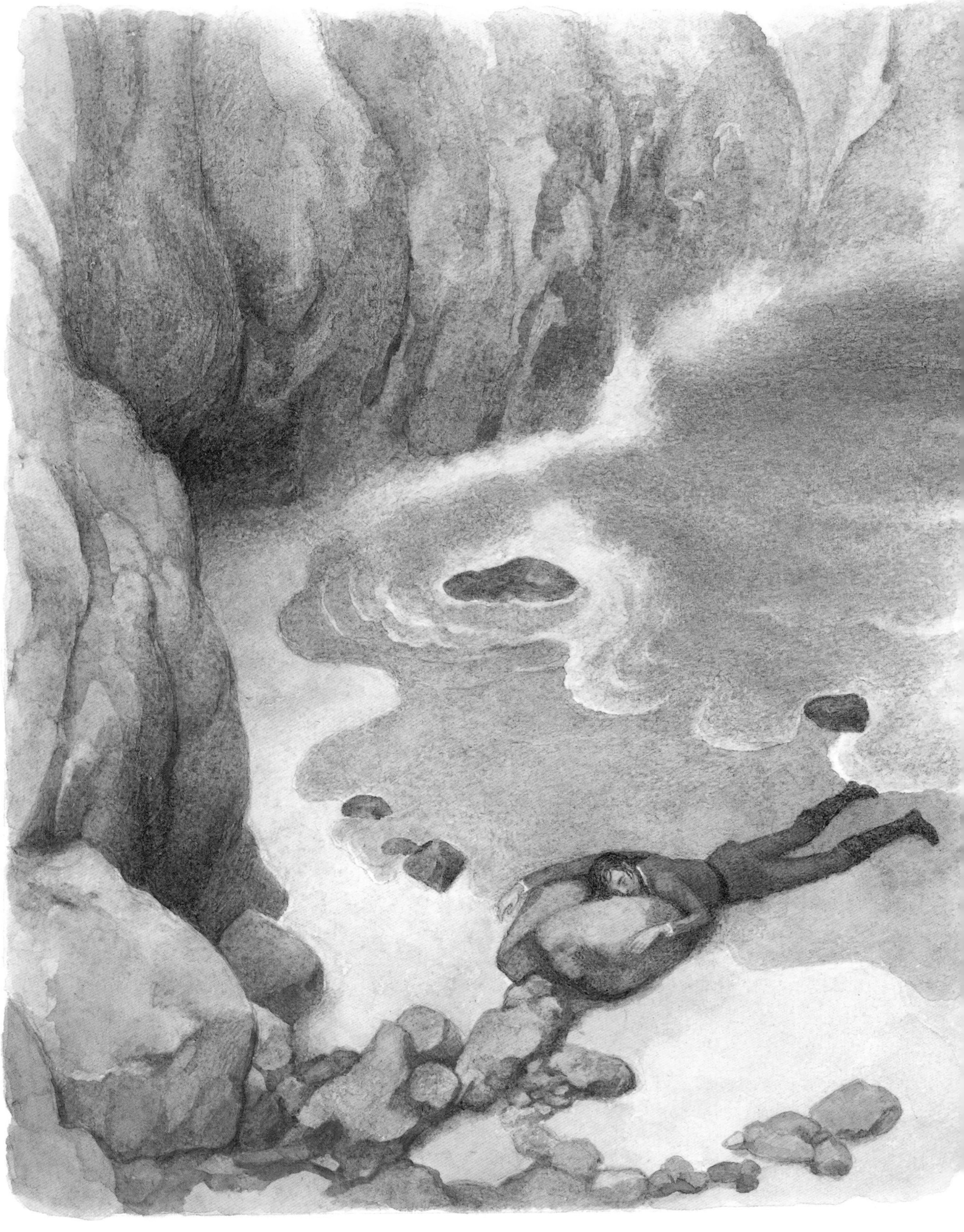

necían cerrados. La Sirenita le besó su bella y despejada frente; le recordaba a la estatua de mármol que tenía en su jardín. Volvió a besarle y deseó firmemente que viviera. La Sirenita vio tierra firme ante sí. Junto a la orilla había verdes bosques, muy cerca se encontraba una iglesia o un monasterio y en su jardín crecían árboles limoneros y naranjos. El mar formaba en ese lugar una pequeña cala. La princesa nadó hasta allí junto con el príncipe, lo colocó sobre la arena y le puso la cabeza en alto para que le diera el sol. Entonces se alejó nadando, se echó espuma de mar sobre sus cabellos y sobre su pecho para que nadie pudiera ver su rostro y permaneció atenta mirando quién se acercaba al príncipe.

Al poco tiempo llegó una joven muchacha. Pareció asustarse, pero enseguida fue a llamar a más gente y la Sirenita pudo comprobar que el príncipe volvía a la vida. El príncipe sonreía a todo el mundo, pero a ella, que estaba a lo lejos, no le sonreía, ya que no sabía que ella había sido quien le había salvado. Cuando llevaron al príncipe a la casa más próxima, la Sirenita se sumergió apenada en el agua y regresó rápidamente al palacio de su padre.

Las hermanas le preguntaron qué es lo que había visto, pero ella no les contó nada y se volvió aún más callada y pensativa. Algún día que otro volvía a subir a la superficie e iba al mismo lugar donde había dejado al príncipe, pero no conseguía verle y cada vez regresaba más triste a casa. Su único consuelo era sentarse en su jardín para estrechar con sus brazos la estatua de mármol que tanto le recordaba al príncipe.

Finalmente no resistió más y le contó todo a sus hermanas, y éstas se lo contaron a sus mejores amigas y una de ellas sí que sabía quién era

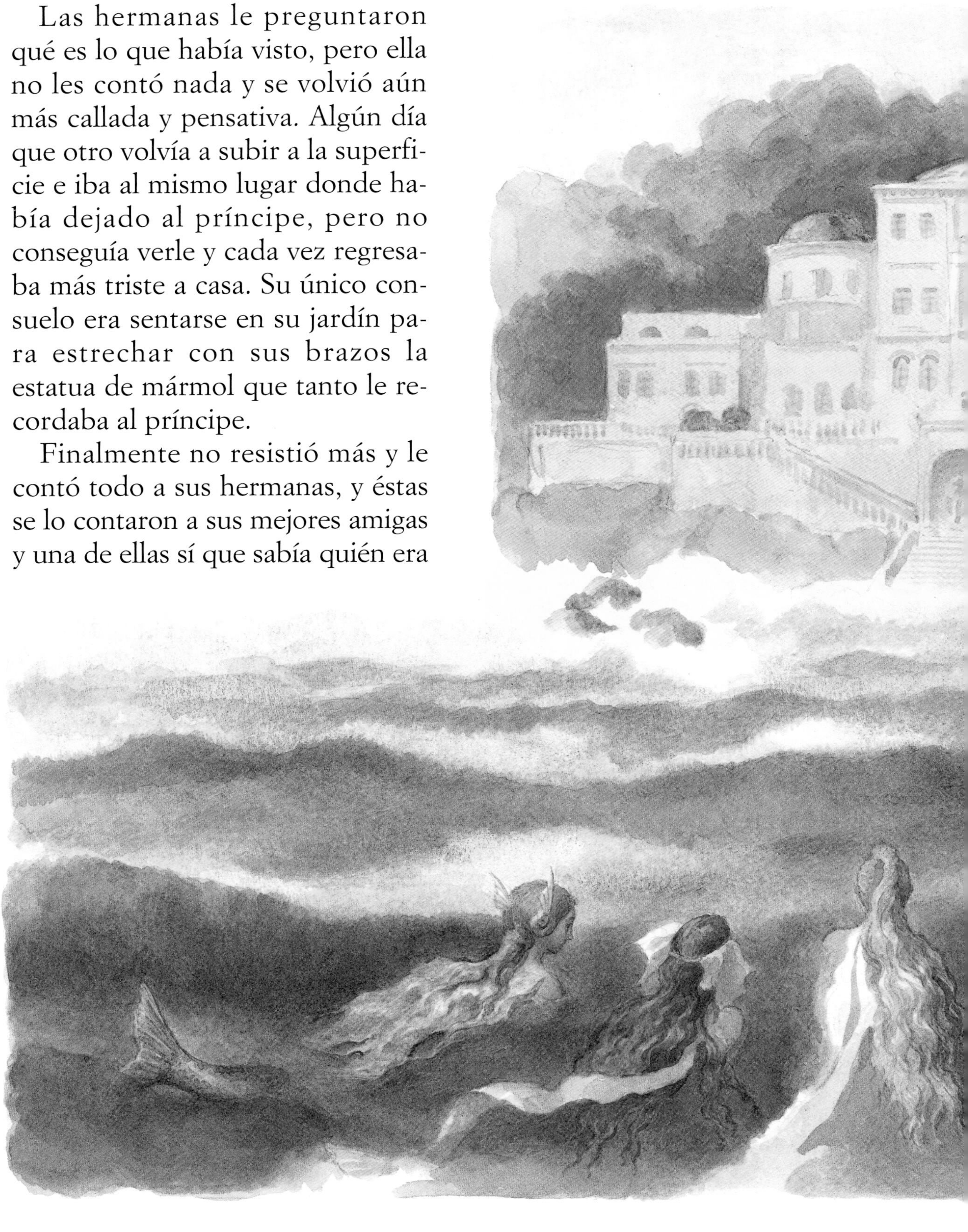

el príncipe y dónde se encontraba su reino.

—Ven, hermanita —le dijeron las otras princesas, y sujetándose una a la otra subieron en fila hasta la superficie y se dirigieron al palacio del príncipe.

Había una gran escalera de mármol que conducía directamente hasta el agua. Cúpulas doradas emergían del tejado y a través de los cristales de las ventanas se veía un espléndido salón en cuyo centro lucía una preciosa fuente.

Ahora la Sirenita ya sabía dónde vivía el príncipe y se acercaba al lugar con frecuencia. Se acerca-

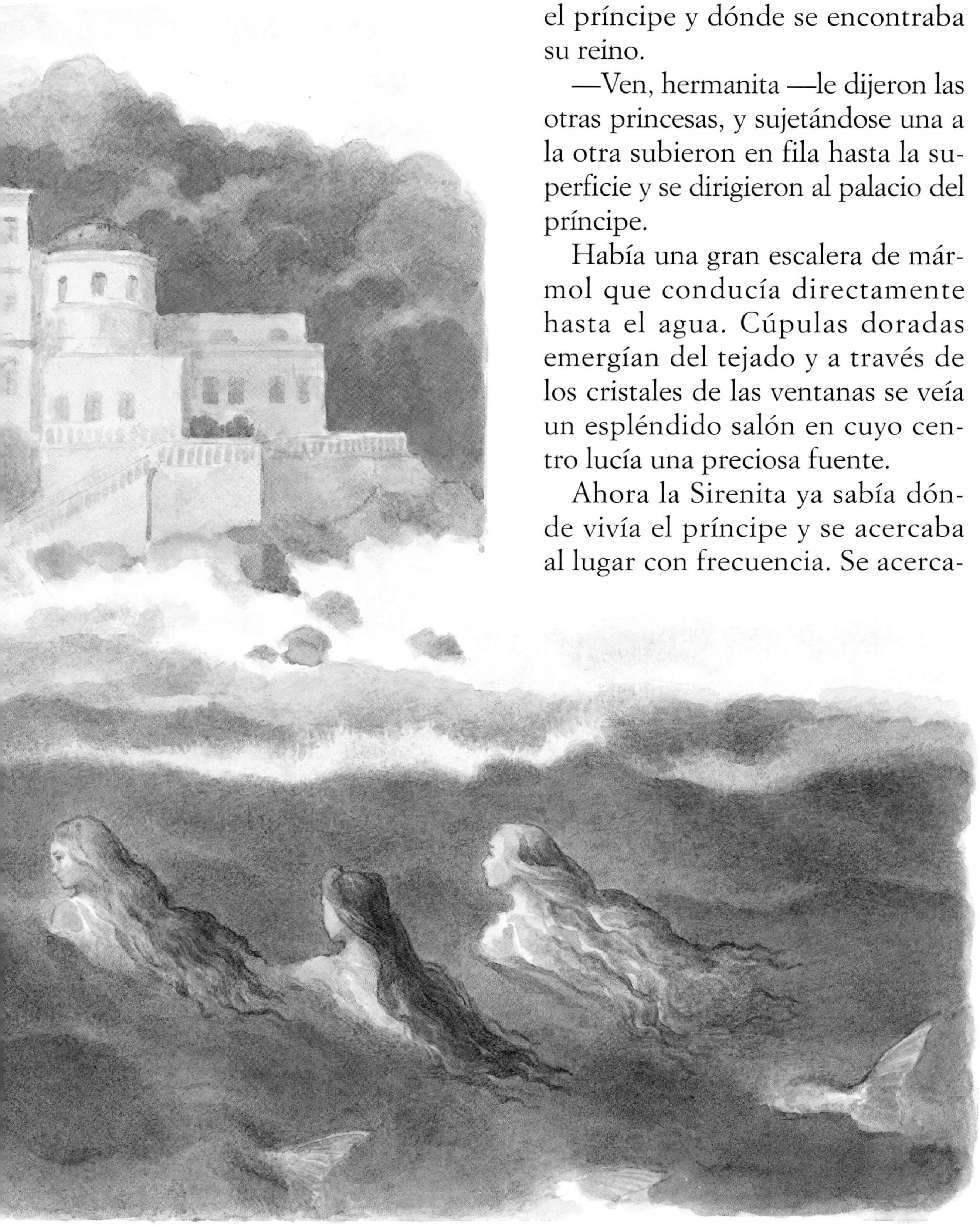

ba justo hasta las escaleras de mármol que proyectaban su sombra sobre el agua.

Allí se pasaba el tiempo, sentada, contemplando a su joven príncipe quien creía estar a solas a la luz de la luna.

Un día volvió a verle en un magnífico barco y escuchó a los pescadores hablar sobre la bondad del príncipe, y la princesa se alegró de haber podido salvarle la vida. Recordaba cómo había reposado su rostro sobre su pecho y cuando le había besado; él lo ignoraba y ni siquiera podía soñar con ella.

La princesa cada día que pasaba quería más a los humanos y le hu-

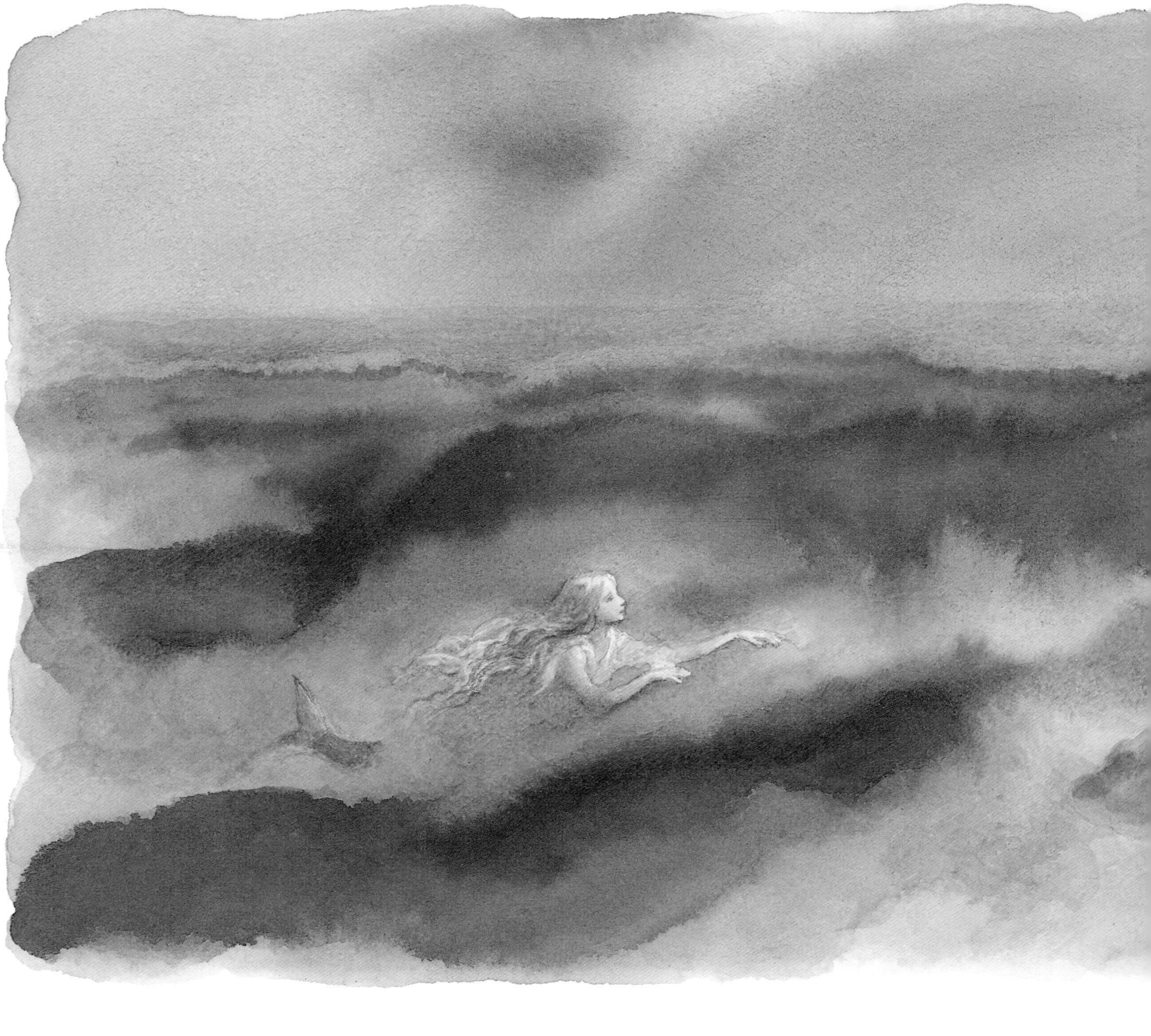

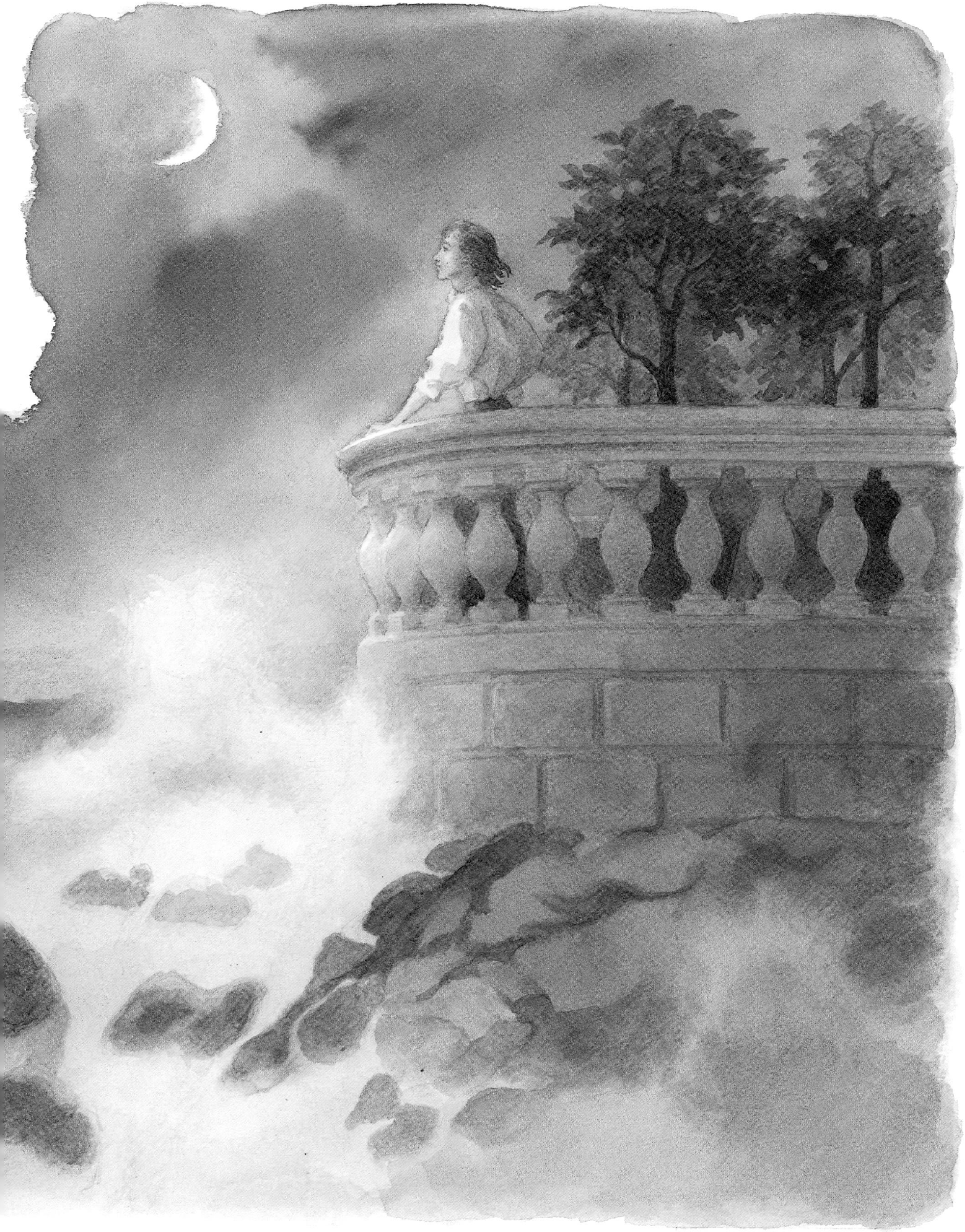

biera gustado saber mucho más acerca de ellos, así que le preguntó a su abuela:

—Pero si las personas no se ahogan —preguntó la Sirenita—, ¿viven entonces para siempre, no se mueren como nosotros aquí abajo?

—Por supuesto que sí —respondió la anciana—. También se mueren, y el promedio de vida es aun más corto que el nuestro. Nosotros podemos vivir hasta trescientos años y cuando morimos pasamos a formar parte de la espuma del mar. No tenemos alma inmortal, somos como el junco verde, una vez cortado, no puede volver a verdear. Pero las personas tienen un alma que vive eternamente, aunque el cuerpo se haya convertido en polvo, y sube hacia el cielo hasta llegar a las estrellas.

—¿Por qué no tenemos un alma inmortal? —preguntó la Sirenita afligida—. ¿Por qué tengo que

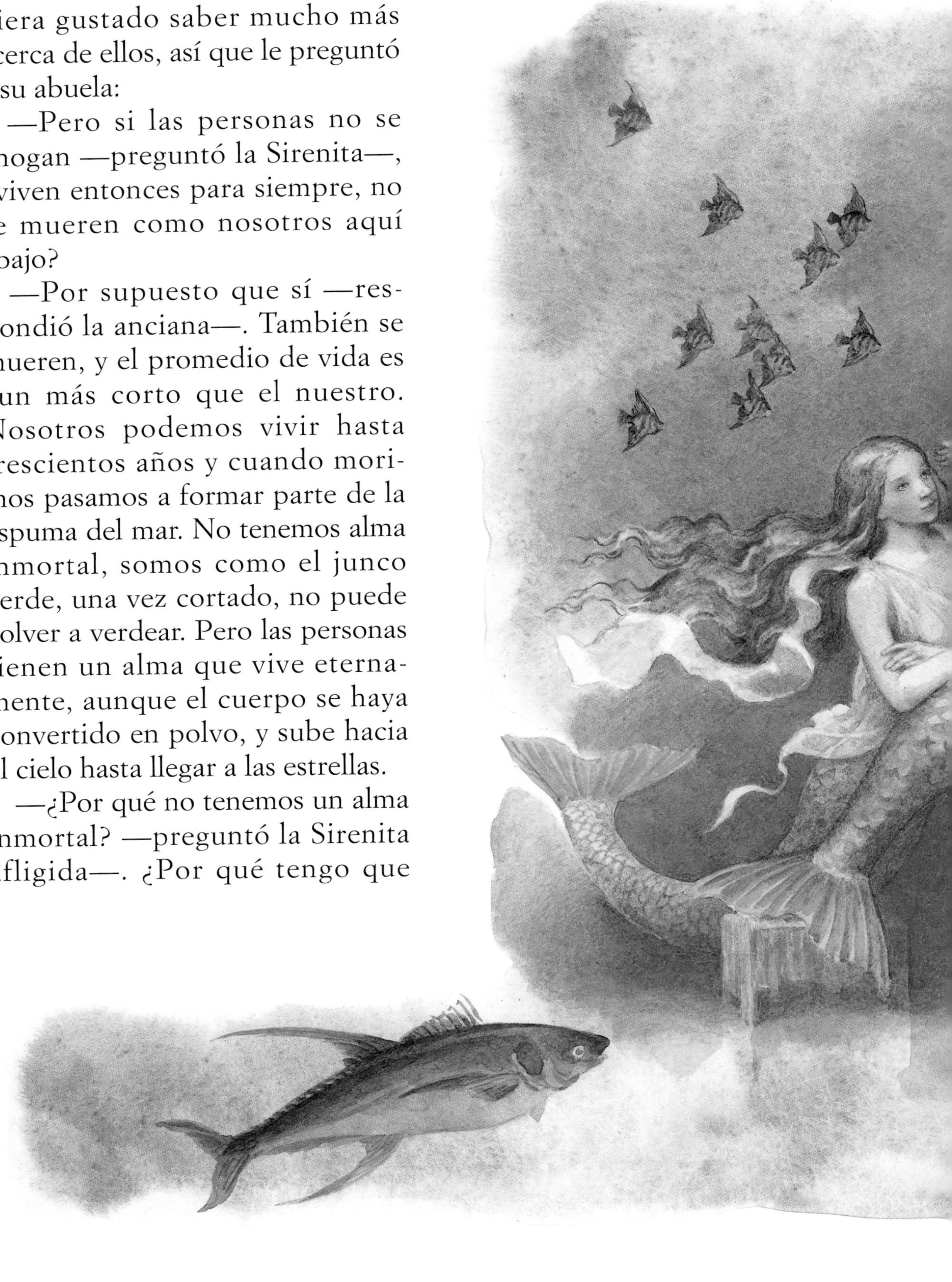

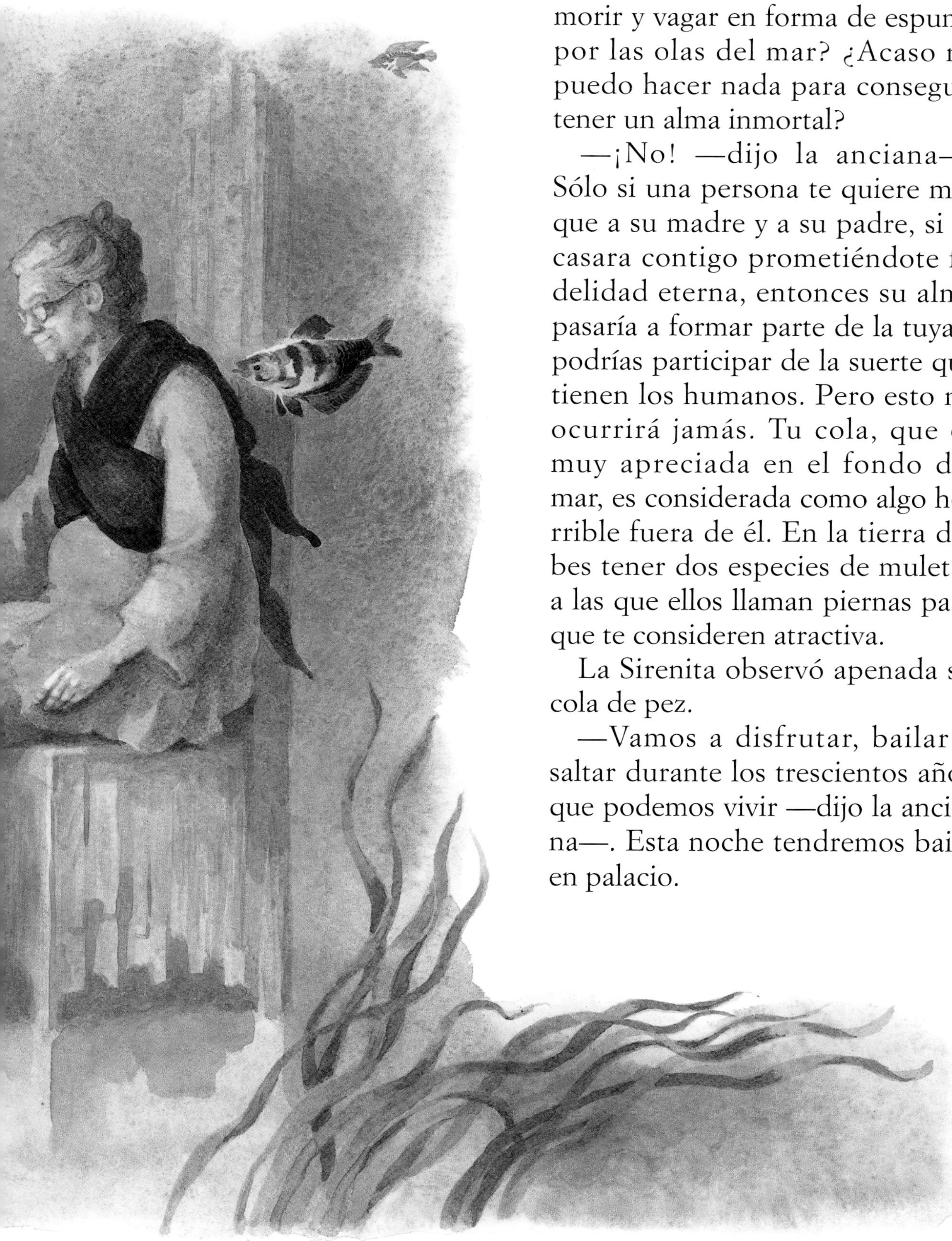

morir y vagar en forma de espuma por las olas del mar? ¿Acaso no puedo hacer nada para conseguir tener un alma inmortal?

—¡No! —dijo la anciana—. Sólo si una persona te quiere más que a su madre y a su padre, si se casara contigo prometiéndote fidelidad eterna, entonces su alma pasaría a formar parte de la tuya y podrías participar de la suerte que tienen los humanos. Pero esto no ocurrirá jamás. Tu cola, que es muy apreciada en el fondo del mar, es considerada como algo horrible fuera de él. En la tierra debes tener dos especies de muletas a las que ellos llaman piernas para que te consideren atractiva.

La Sirenita observó apenada su cola de pez.

—Vamos a disfrutar, bailar y saltar durante los trescientos años que podemos vivir —dijo la anciana—. Esta noche tendremos baile en palacio.

¡Qué esplendor! En medio del
salón, que estaba maravillosamente
adornado, fluía un riachuelo sobre
el que las sirenas y sus parejas bailaban al son de la música que ellos
mismos cantaban. Los hombres no
tienen unas voces tan bonitas y la
Sirenita era la que mejor cantaba.
Durante unos instantes sintió alegría, pero a continuación volvió a
pensar en el príncipe y en su alma
inmortal.

Sigilosamente se alejó de palacio
y se sentó en su jardín. De pronto

oyó un sonido parecido al de una corneta de caza y pensó: "Seguramente estará navegando por allí arriba, él, a quien quiero más que a mis padres y con quien quisiera pasar el resto de mi vida. ¡Quiero intentarlo todo para obtener un alma inmortal! Iré a la temida bruja del mar, quizás ella sepa cómo ayudarme".

Sin que nadie la viera, la Sirenita se marchó nadando en busca del camino que conducía al molino de agua donde vivía la

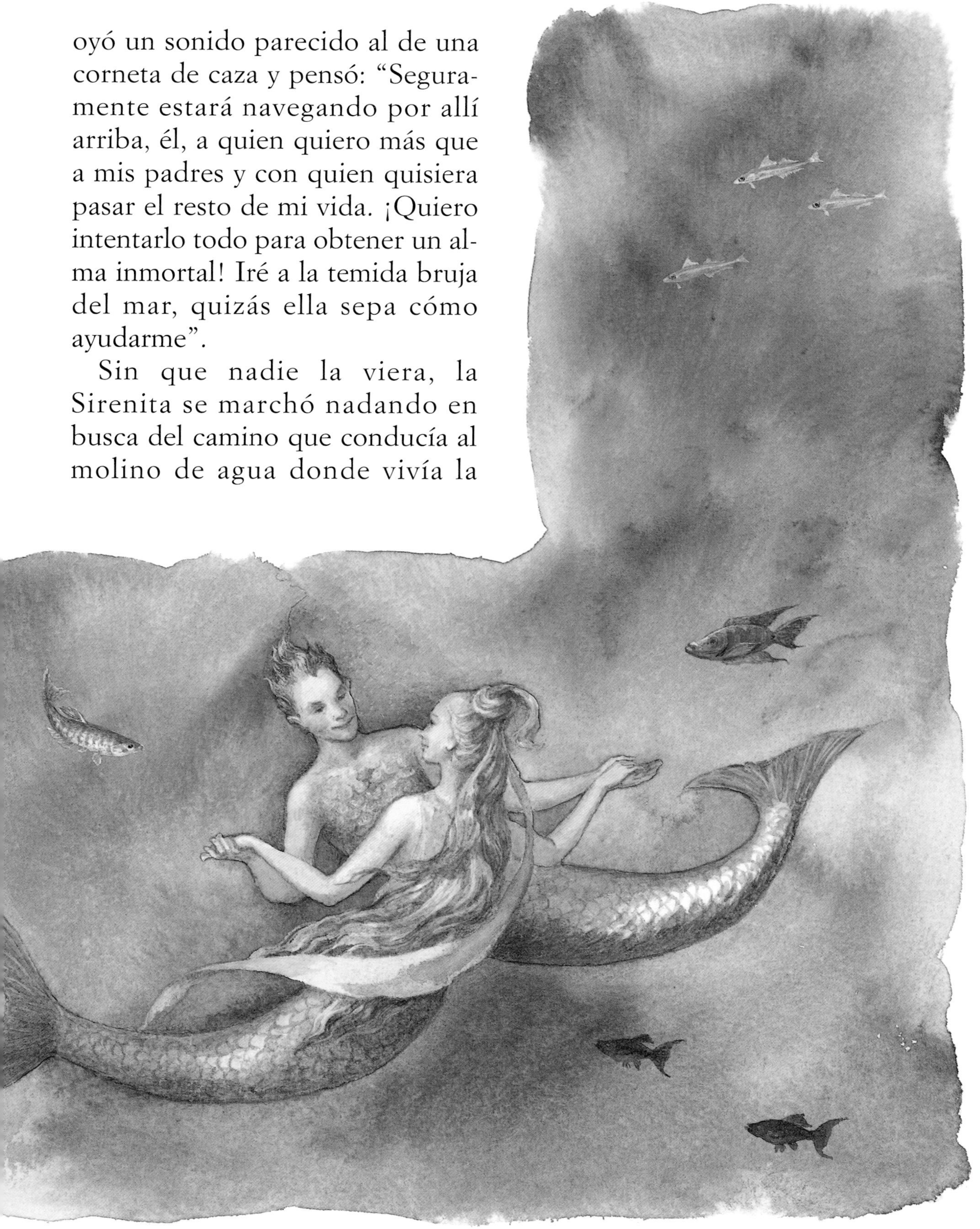

bruja. En medio de las corrientes y remolinos marinos tuvo que cruzar un camino que a su vez conducía a otro lleno de lodo hirviendo. Luego llegó a un bosque lleno de pulpos horripilantes que extendían sus tentáculos como si quisieran alcanzarla. Finalmente llegó a un lugar del bosque cubierto de desagradables mucosidades, donde se revolcaban unas inmensas serpientes de agua. En el centro se encontraba la bruja delante de su casa, construida con huesos de personas que habían muerto ahogadas.

—Sé perfectamente lo que deseas —le dijo la bruja—. No es muy acertado por tu parte, ya que sólo te traerá desgracias. Pero tendrás lo que deseas. Quieres deshacerte de tu cola y tener dos piernas para poder caminar, para que el joven príncipe se enamore de ti y así poder conseguir un alma inmortal.

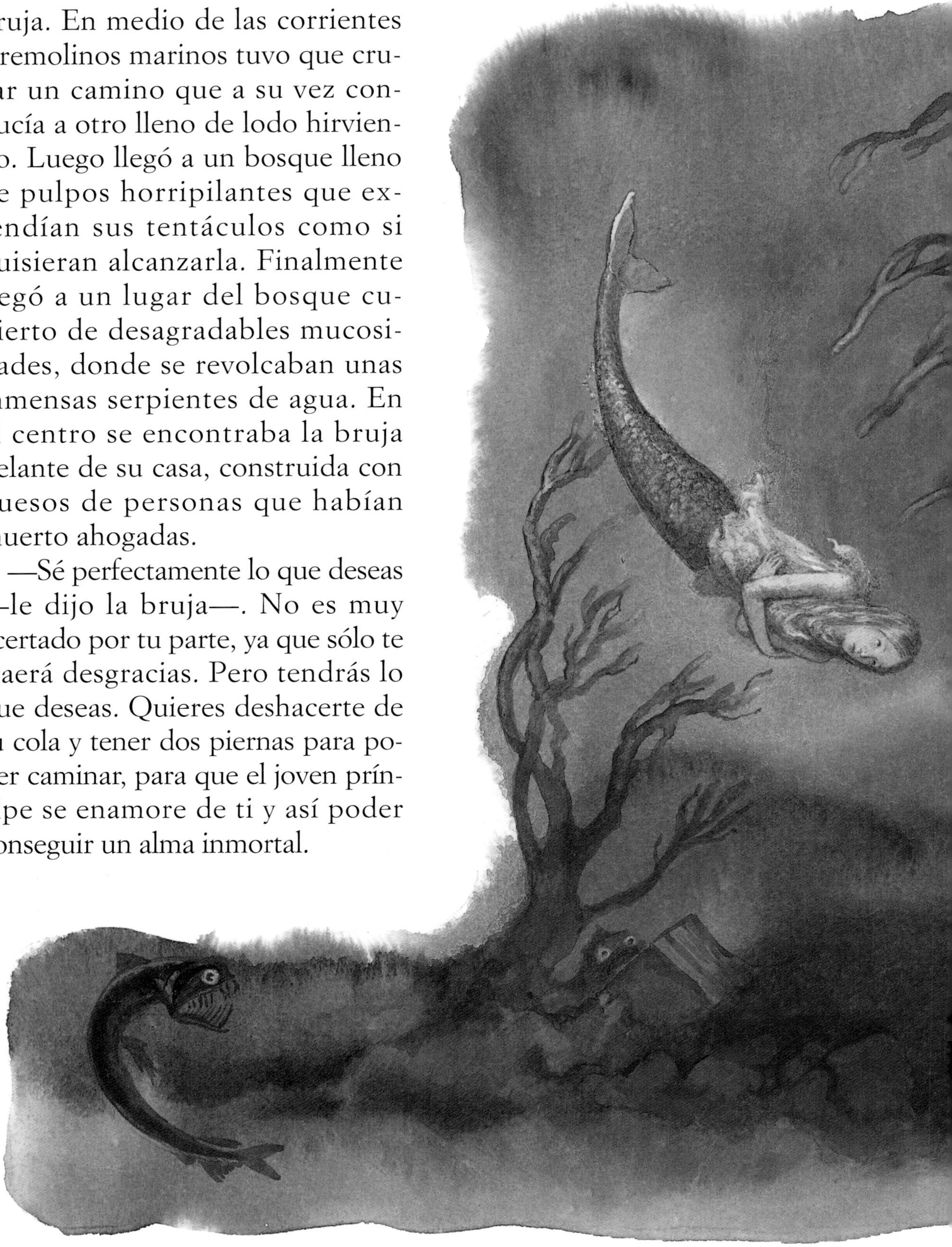

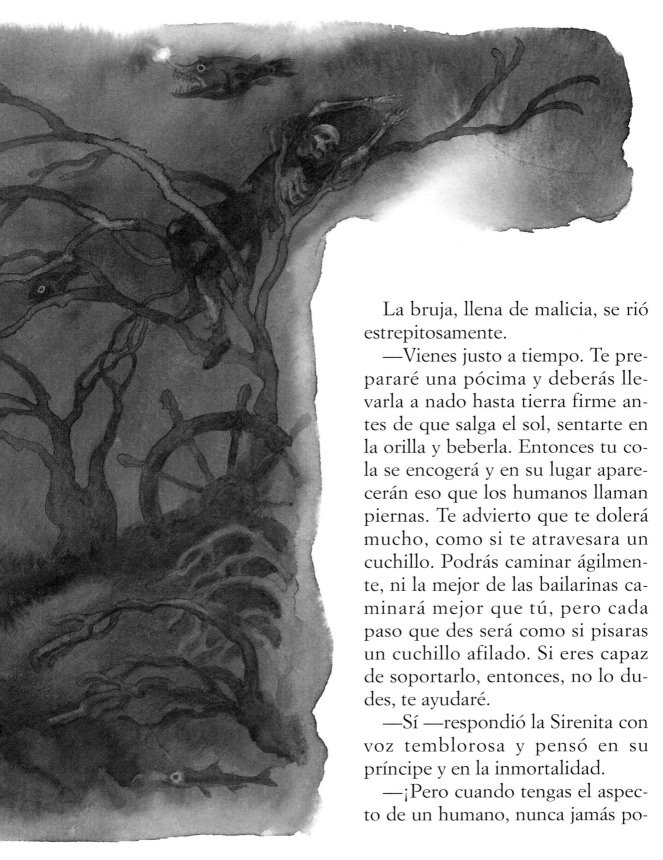

La bruja, llena de malicia, se rió estrepitosamente.

—Vienes justo a tiempo. Te prepararé una pócima y deberás llevarla a nado hasta tierra firme antes de que salga el sol, sentarte en la orilla y beberla. Entonces tu cola se encogerá y en su lugar aparecerán eso que los humanos llaman piernas. Te advierto que te dolerá mucho, como si te atravesara un cuchillo. Podrás caminar ágilmente, ni la mejor de las bailarinas caminará mejor que tú, pero cada paso que des será como si pisaras un cuchillo afilado. Si eres capaz de soportarlo, entonces, no lo dudes, te ayudaré.

—Sí —respondió la Sirenita con voz temblorosa y pensó en su príncipe y en la inmortalidad.

—¡Pero cuando tengas el aspecto de un humano, nunca jamás podrás volver a ser una sirena! —añadió la bruja—. No podrás volver a descender al palacio de tu padre. Y si no consigues el amor del príncipe y que te quiera más que a sus padres y quiera casarse contigo, no obtendrás un alma inmortal. ¡Si se casa con otra, al día siguiente tu corazón se partirá en dos y te convertirás en espuma de mar!

—Quiero intentarlo —dijo la Sirenita, asustada y pálida.

—Pero deberás pagarme —dijo la bruja—. Tienes la voz más bonita de todos los seres vivientes del mar y creerás poder conquistarle así. Sin embargo deberás darme tu voz a cambio de la pócima. Mi propia sangre hervirá en el brebaje para que resulte tan eficiente como una espada de doble filo.

—Pero, si me quitas la voz, ¿qué me quedará? —preguntó la Sirenita.

—Tu bello aspecto, tu caminar angelical y tus hermosos ojos que parece como si hablaran —con-

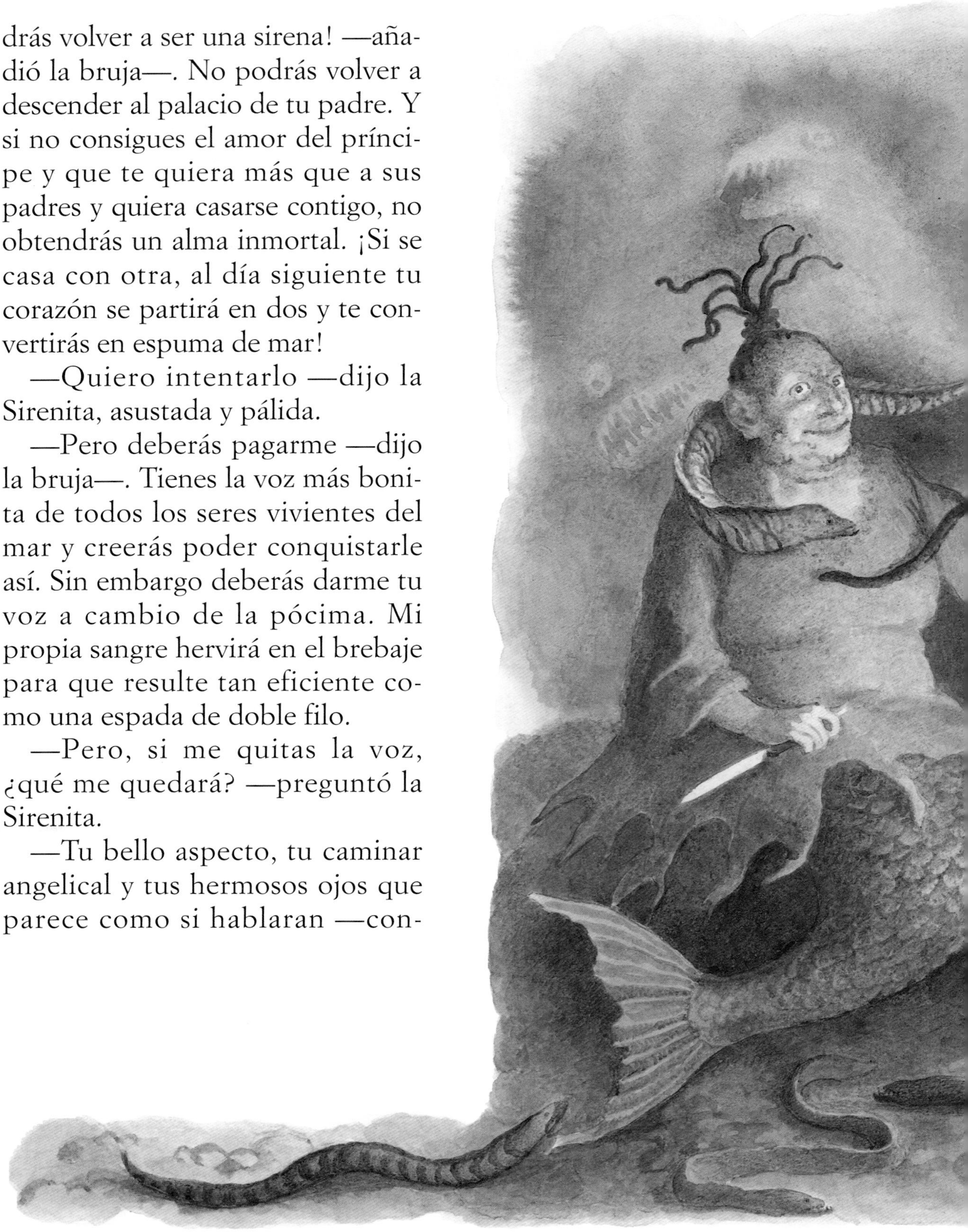

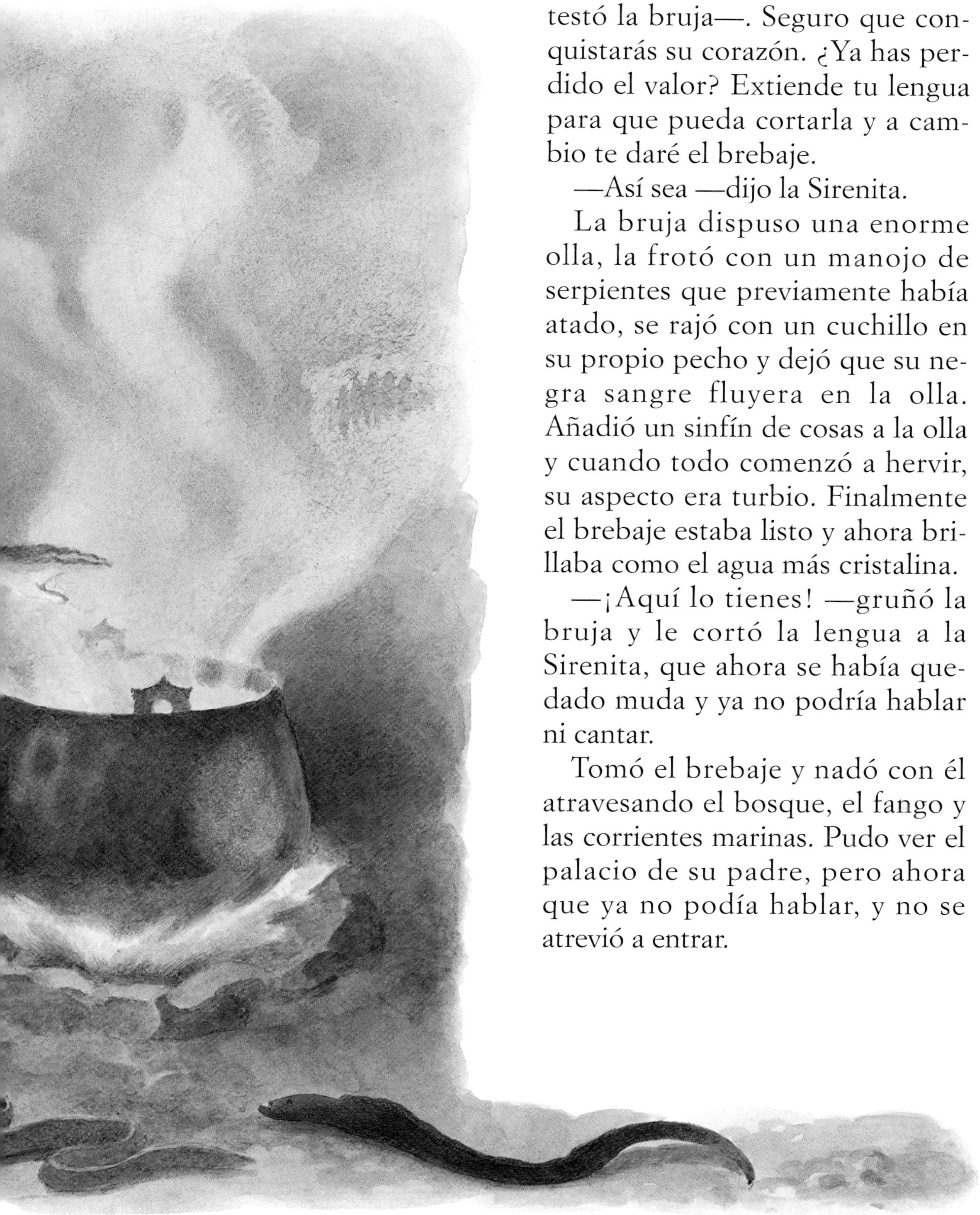

testó la bruja—. Seguro que conquistarás su corazón. ¿Ya has perdido el valor? Extiende tu lengua para que pueda cortarla y a cambio te daré el brebaje.

—Así sea —dijo la Sirenita.

La bruja dispuso una enorme olla, la frotó con un manojo de serpientes que previamente había atado, se rajó con un cuchillo en su propio pecho y dejó que su negra sangre fluyera en la olla. Añadió un sinfín de cosas a la olla y cuando todo comenzó a hervir, su aspecto era turbio. Finalmente el brebaje estaba listo y ahora brillaba como el agua más cristalina.

—¡Aquí lo tienes! —gruñó la bruja y le cortó la lengua a la Sirenita, que ahora se había quedado muda y ya no podría hablar ni cantar.

Tomó el brebaje y nadó con él atravesando el bosque, el fango y las corrientes marinas. Pudo ver el palacio de su padre, pero ahora que ya no podía hablar, y no se atrevió a entrar.

El sol no había salido aún cuando la Sirenita alcanzó a ver el palacio del príncipe y se deslizó por la majestuosa escalera de mármol. La Sirenita bebió la pócima ardiente y sintió como si un cuchillo le atravesara su cuerpo, perdió el sentido y cayó como muerta. Cuando el sol comenzó a brillar sobre el mar, se despertó y sintió un agudo dolor, pero justo delante de ella se encontraba el príncipe.

La Sirenita miró hacia abajo y pudo comprobar que la cola había desaparecido y en su lugar lucían unas bonitas piernas blancas. Estaba desnuda, así que se envolvió en su larga cabellera.

El príncipe le preguntó quién era y de dónde venía y ella le miró con sus ojos oscuros, ya que no podía hablar. Entonces el príncipe tomó su mano y la condujo a palacio. Cada uno de los pasos que daba la Sirenita era como pisar agujas y cuchillos, pero lo soportaba con resignación.

Su paso junto al príncipe era ligero como una pompa de jabón y, tanto él como todo el mundo, se maravillaron ante su forma de caminar tan delicada.

Le regalaron preciosos vestidos y la Sirenita era la más bella del palacio; pero era muda. Unas cuantas esclavas cantaban dulces canciones para el príncipe, sin embargo la Sirenita se sentía triste ya que sabía que ella habría cantado mucho mejor, y pensó: "¡Si supiera que para poder estar con él he sacrificado mi voz!".

Las esclavas comenzaron a bailar al son de las bellas melodías. Entonces la Sirenita extendió sus brazos, se puso de puntillas y comenzó a bailar como nadie lo había hecho antes; con cada movimiento se podía apreciar aún más su belleza.

El príncipe estaba encantado con ella y le dijo que siempre podría vivir a su lado, y por las noches le permitía que durmiera junto a su puerta sobre un cojín de terciopelo.

Encargó para ella ropa de caballero para que pudiera acompañarle a montar a caballo. Galopaban juntos por los bosques, aunque sus delicados pies le sangraban a menudo.

De regreso, ya en palacio, cuando todos dormían, descendía por la escalera de mármol y se refrescaba los pies doloridos en el agua del mar. En una ocasión aparecieron sus hermanas, estaban muy tristes. Le dijeron lo preocupadas que estaban todas por ella.

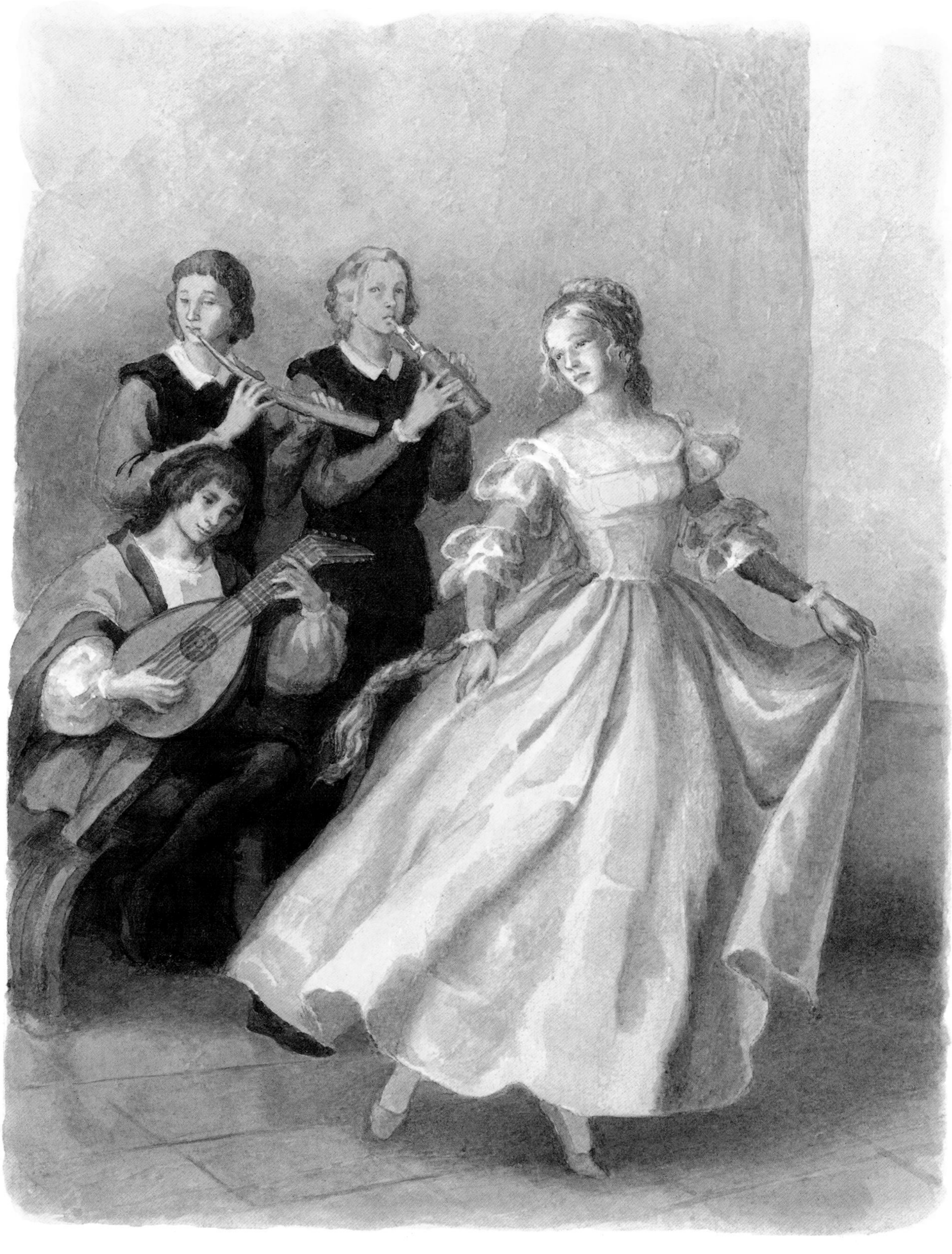

Desde entonces la visitaban todas las noches y una vez, desde lejos, pudo ver a su abuela y a su padre, el rey de los mares, que extendía sus brazos hacia ella.

Cada día que pasaba, el príncipe sentía más afecto por ella; pero convertirla en reina, en eso sí que no había pensado. Y el hecho es que ella tenía que ser su esposa, si no no obtendría un alma inmortal y debería convertirse en espuma de mar al día siguiente de que el príncipe se casara con otra. "¿Es a mí a quien más quieres?", parecía preguntarle la Sirenita con su mirada, cuando el príncipe la abrazaba y le besaba la frente.

—Te quiero mucho —le decía el príncipe—. Me recuerdas a una

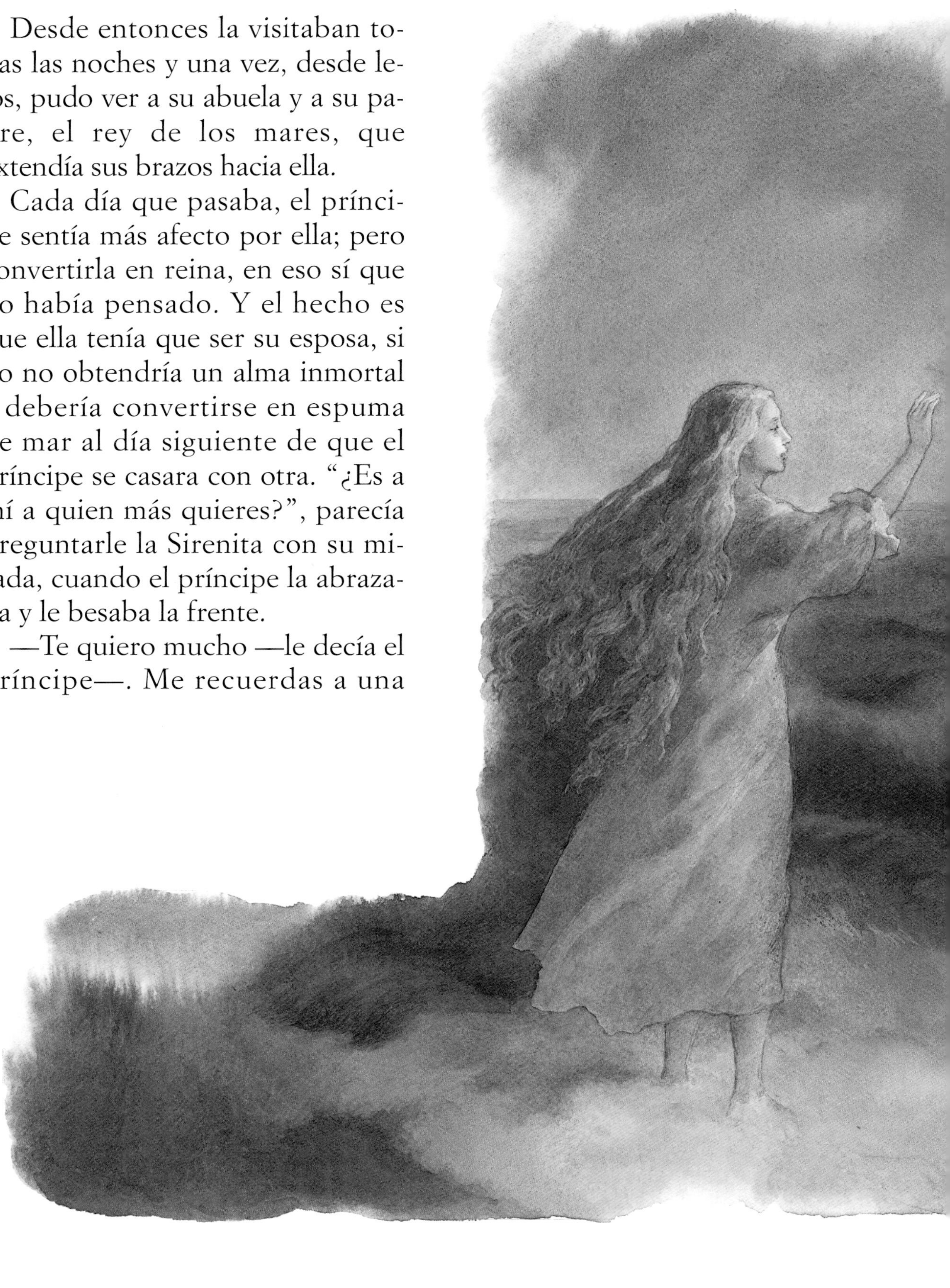

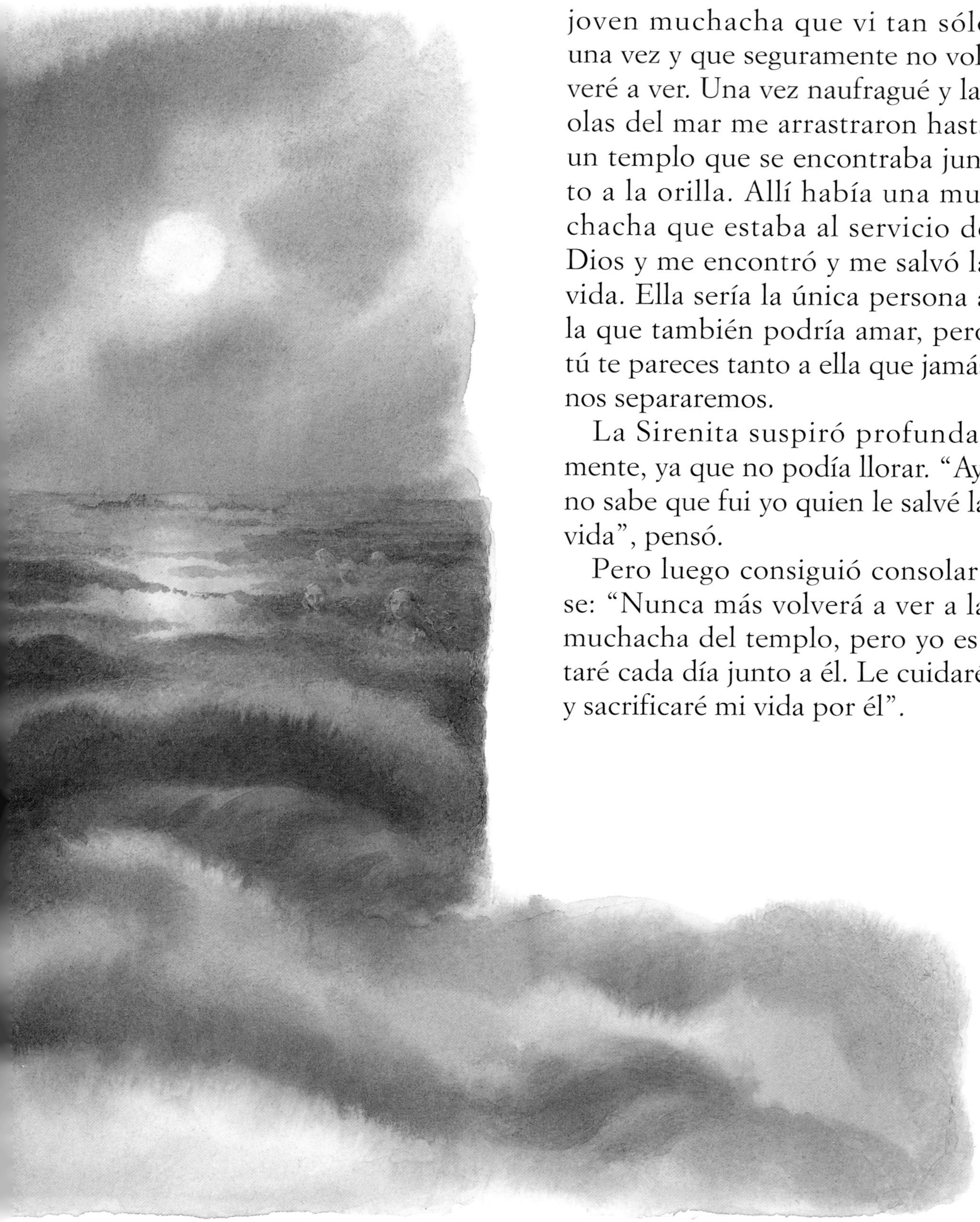

joven muchacha que vi tan sólo una vez y que seguramente no volveré a ver. Una vez naufragué y las olas del mar me arrastraron hasta un templo que se encontraba junto a la orilla. Allí había una muchacha que estaba al servicio de Dios y me encontró y me salvó la vida. Ella sería la única persona a la que también podría amar, pero tú te pareces tanto a ella que jamás nos separaremos.

La Sirenita suspiró profundamente, ya que no podía llorar. "Ay, no sabe que fui yo quien le salvé la vida", pensó.

Pero luego consiguió consolarse: "Nunca más volverá a ver a la muchacha del templo, pero yo estaré cada día junto a él. Le cuidaré y sacrificaré mi vida por él".

El príncipe debía casarse con la bella hija del rey vecino. Dispusieron un majestuoso barco.

—Tengo que ir a ver a la princesa, se lo debo a mis padres. Pero no podré amarla. Seguro que no se parece a la muchacha del templo. Si pudiera escoger a mi esposa, lo serías tú, muchachita, que hablas con tus bellos ojos —le dijo a la Sirenita, la besó en sus rojos labios y la acercó a su corazón, y ella no dejaba de pensar en su alma inmortal.

—¿No tendrás miedo del mar, mudita? —le preguntó al subir al barco.

Y el príncipe le contó sobre las tormentas, sobre la mar en calma, y ella sonreía al escucharle, pues sabía perfectamente cómo era la vida en el mar.

En una noche de luna llena se apoyó en la barandilla del barco mirando las profundidades del mar. Creyó ver el palacio de su padre y a su abuela y hermanas.

A la mañana siguiente llegaron al puerto de la ciudad del rey veci-

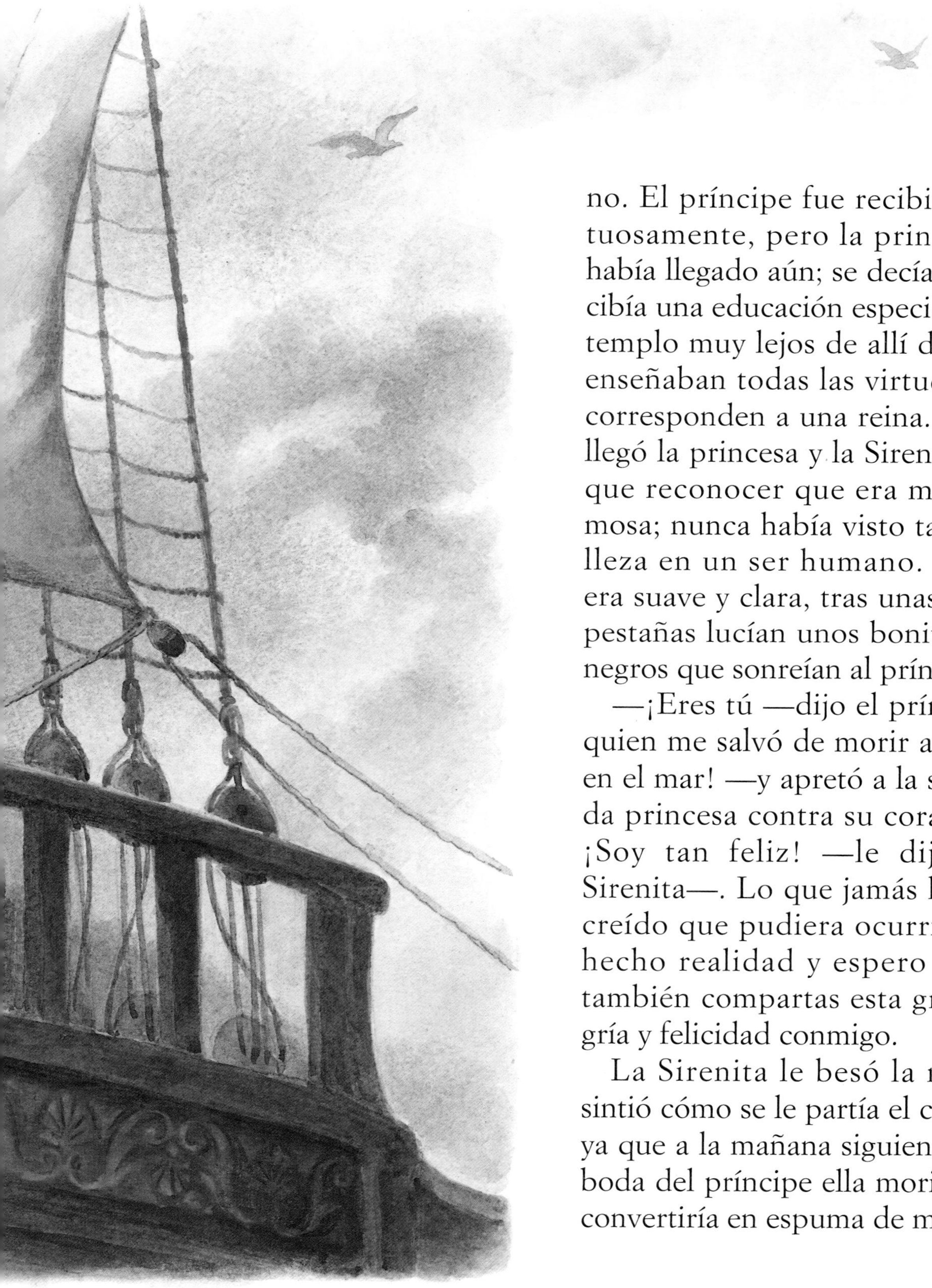

no. El príncipe fue recibido suntuosamente, pero la princesa no había llegado aún; se decía que recibía una educación especial en un templo muy lejos de allí donde le enseñaban todas las virtudes que corresponden a una reina. Por fin llegó la princesa y la Sirenita tuvo que reconocer que era muy hermosa; nunca había visto tanta belleza en un ser humano. Su piel era suave y clara, tras unas negras pestañas lucían unos bonitos ojos negros que sonreían al príncipe.

—¡Eres tú —dijo el príncipe— quien me salvó de morir ahogado en el mar! —y apretó a la sonrojada princesa contra su corazón—. ¡Soy tan feliz! —le dijo a la Sirenita—. Lo que jamás hubiera creído que pudiera ocurrir se ha hecho realidad y espero que tú también compartas esta gran alegría y felicidad conmigo.

La Sirenita le besó la mano y sintió cómo se le partía el corazón, ya que a la mañana siguiente de la boda del príncipe ella moriría y se convertiría en espuma de mar.

Los prometidos se sujetaban las manos y obtuvieron la bendición del obispo. La Sirenita lucía un precioso vestido de seda y oro y llevaba la cola de la novia; pero sus oídos no escuchaban la música, sus ojos no veían la sagrada ceremonia, sólo pensaba en el día de su muerte y todo lo que había perdido.

Esa misma noche subieron todos a bordo del barco. Habían instalado unos aposentos, donde los recién casados pasarían la no-

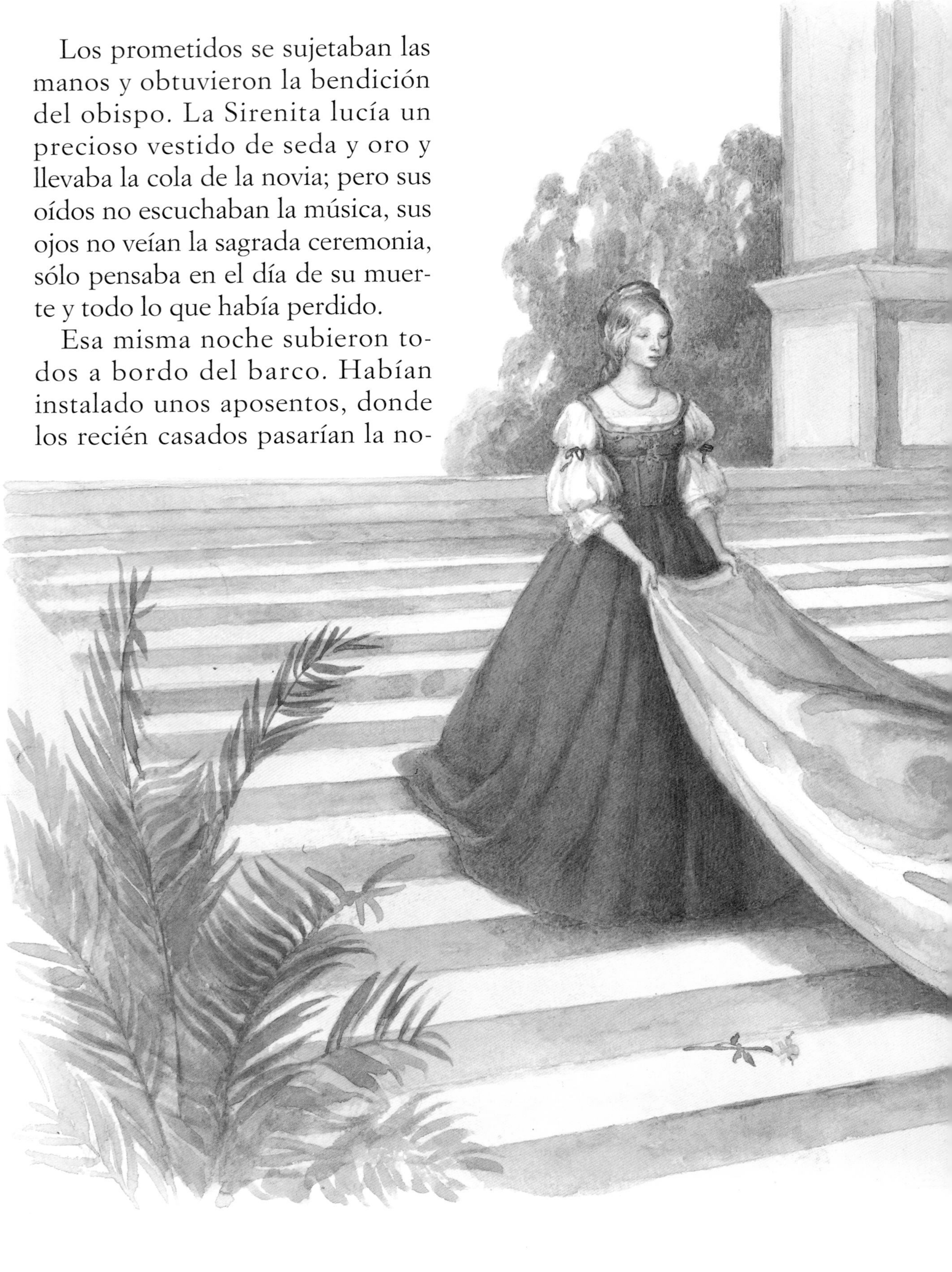

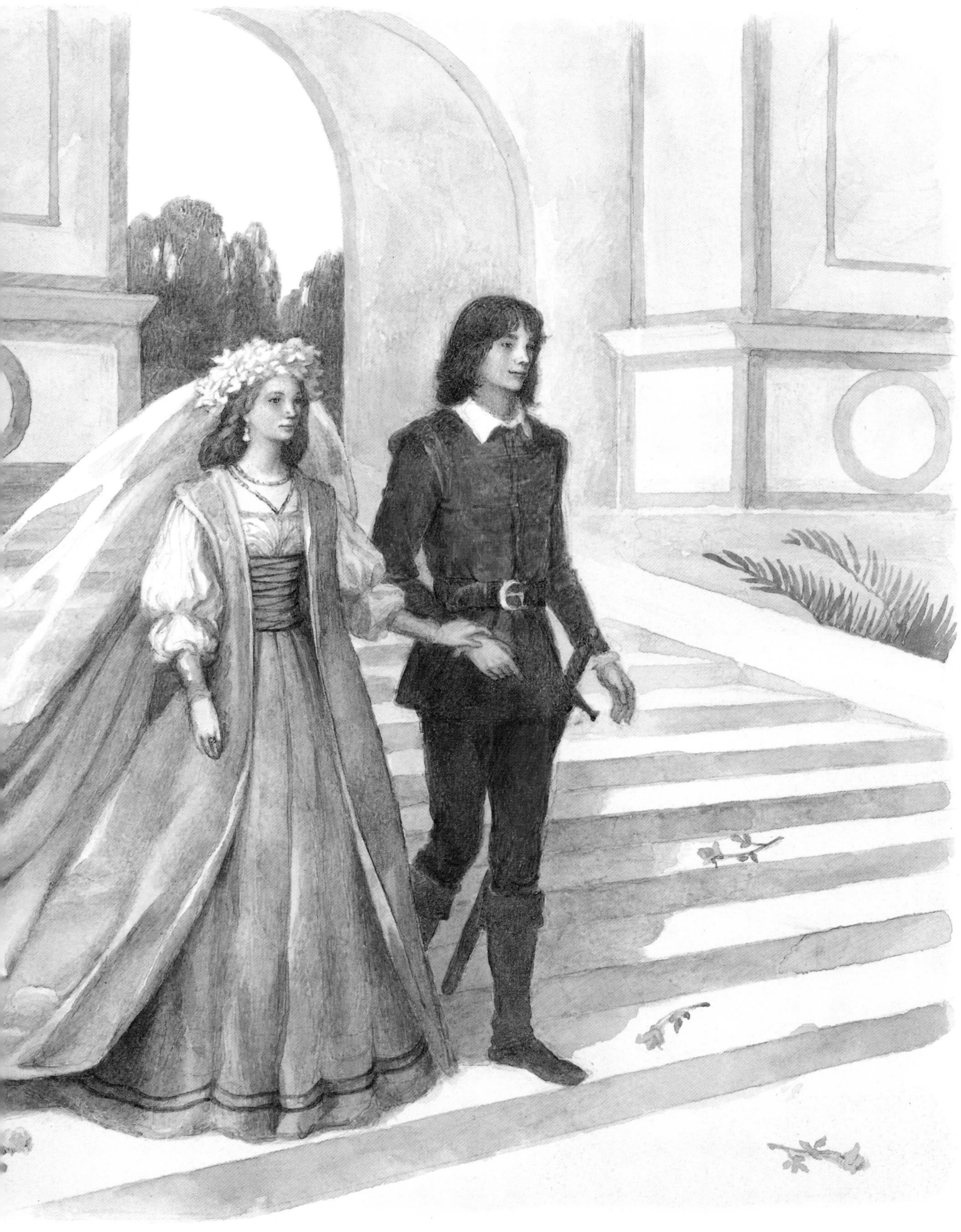

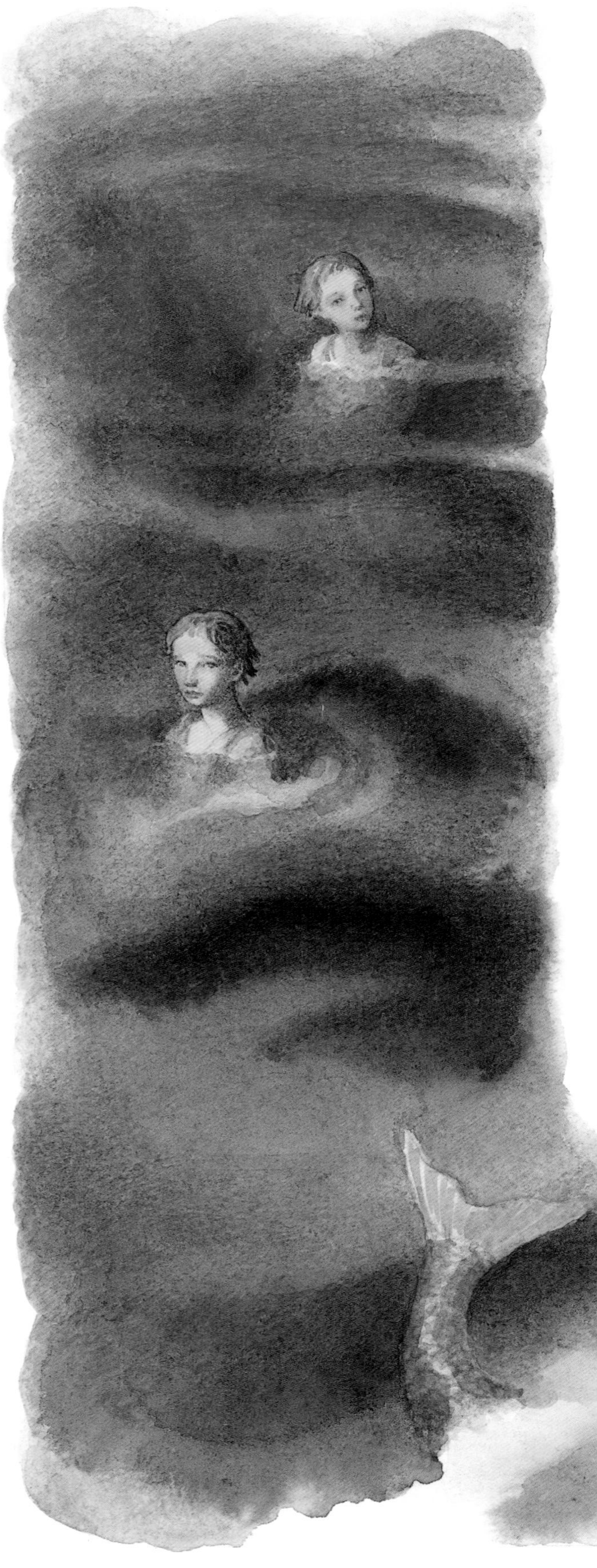

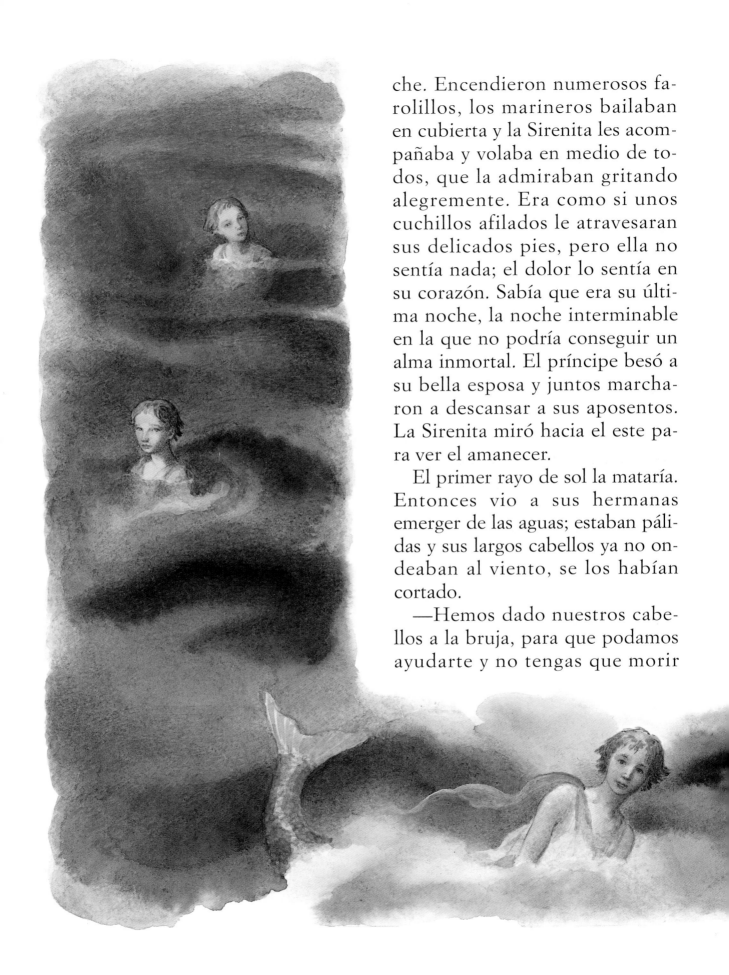

che. Encendieron numerosos farolillos, los marineros bailaban en cubierta y la Sirenita les acompañaba y volaba en medio de todos, que la admiraban gritando alegremente. Era como si unos cuchillos afilados le atravesaran sus delicados pies, pero ella no sentía nada; el dolor lo sentía en su corazón. Sabía que era su última noche, la noche interminable en la que no podría conseguir un alma inmortal. El príncipe besó a su bella esposa y juntos marcharon a descansar a sus aposentos. La Sirenita miró hacia el este para ver el amanecer.

El primer rayo de sol la mataría. Entonces vio a sus hermanas emerger de las aguas; estaban pálidas y sus largos cabellos ya no ondeaban al viento, se los habían cortado.

—Hemos dado nuestros cabellos a la bruja, para que podamos ayudarte y no tengas que morir

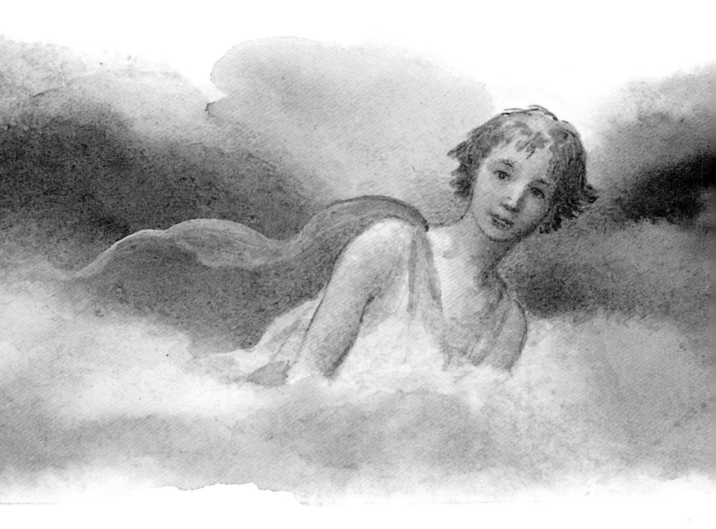

esta noche. Nos ha dado un cuchillo afilado, ¡tómalo! Antes de que salga el sol deberás clavárselo al príncipe en el corazón y cuando su sangre caliente caiga sobre tus pies, volverá a crecerte la cola y serás nuevamente una sirena. ¡Date prisa, mata al príncipe y vuelve con nosotras!

Las hermanas dieron un gran suspiro y se sumergieron en las profundidades del mar.

La Sirenita descorrió la cortina que estaba a la entrada de los aposentos reales y contempló a la bella novia junto al príncipe; ambos dormían. Se inclinó y le besó en la frente; él, en sueños, pronunció el nombre de su esposa. Sólo ella estaba en los pensamientos del príncipe; el cuchillo temblaba en las manos de la Sirenita y lo tiró muy lejos, al mar. Al caer pareció como si salpicara gotas de sangre.

Una vez más contempló al príncipe y se lanzó del barco al mar

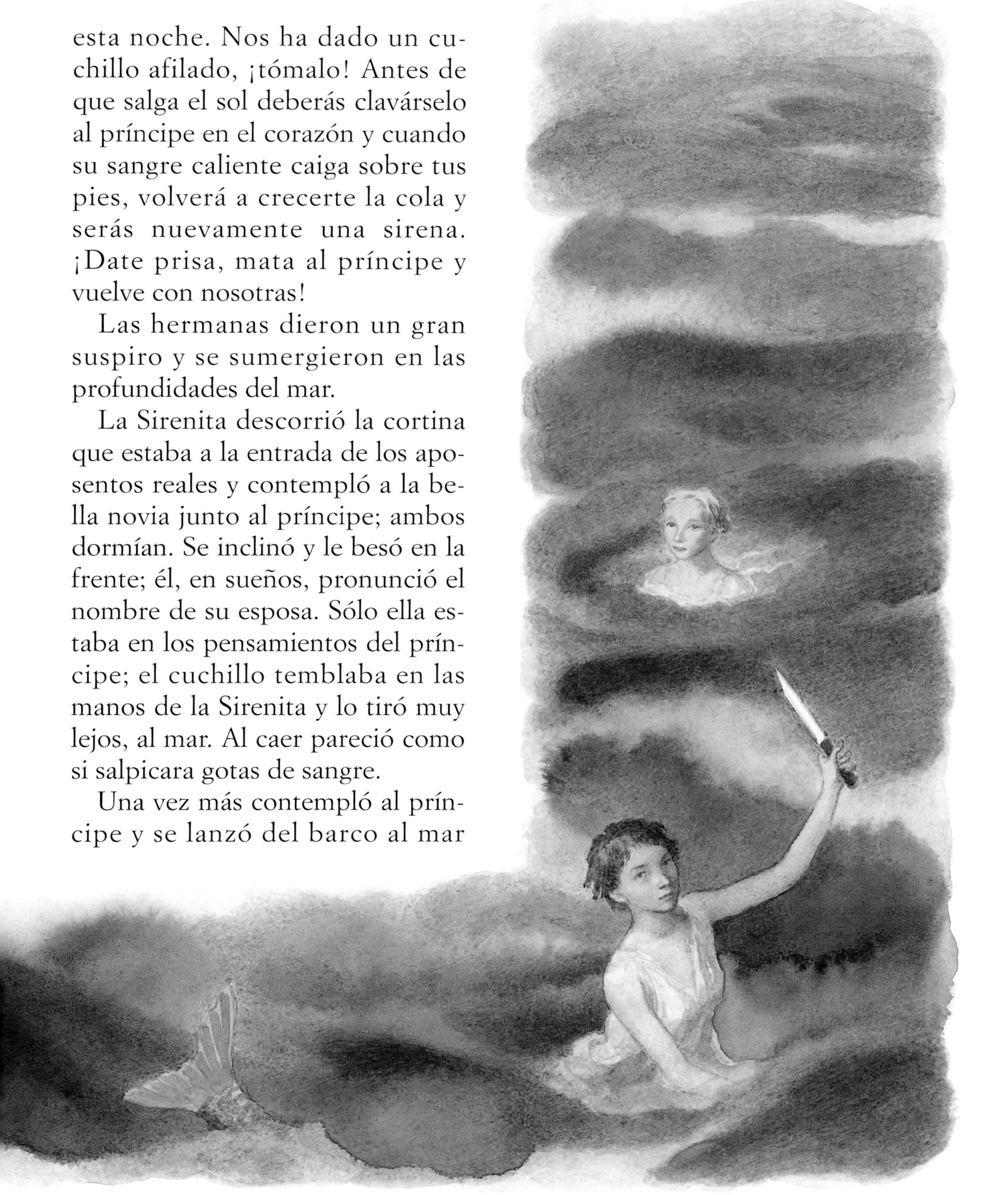

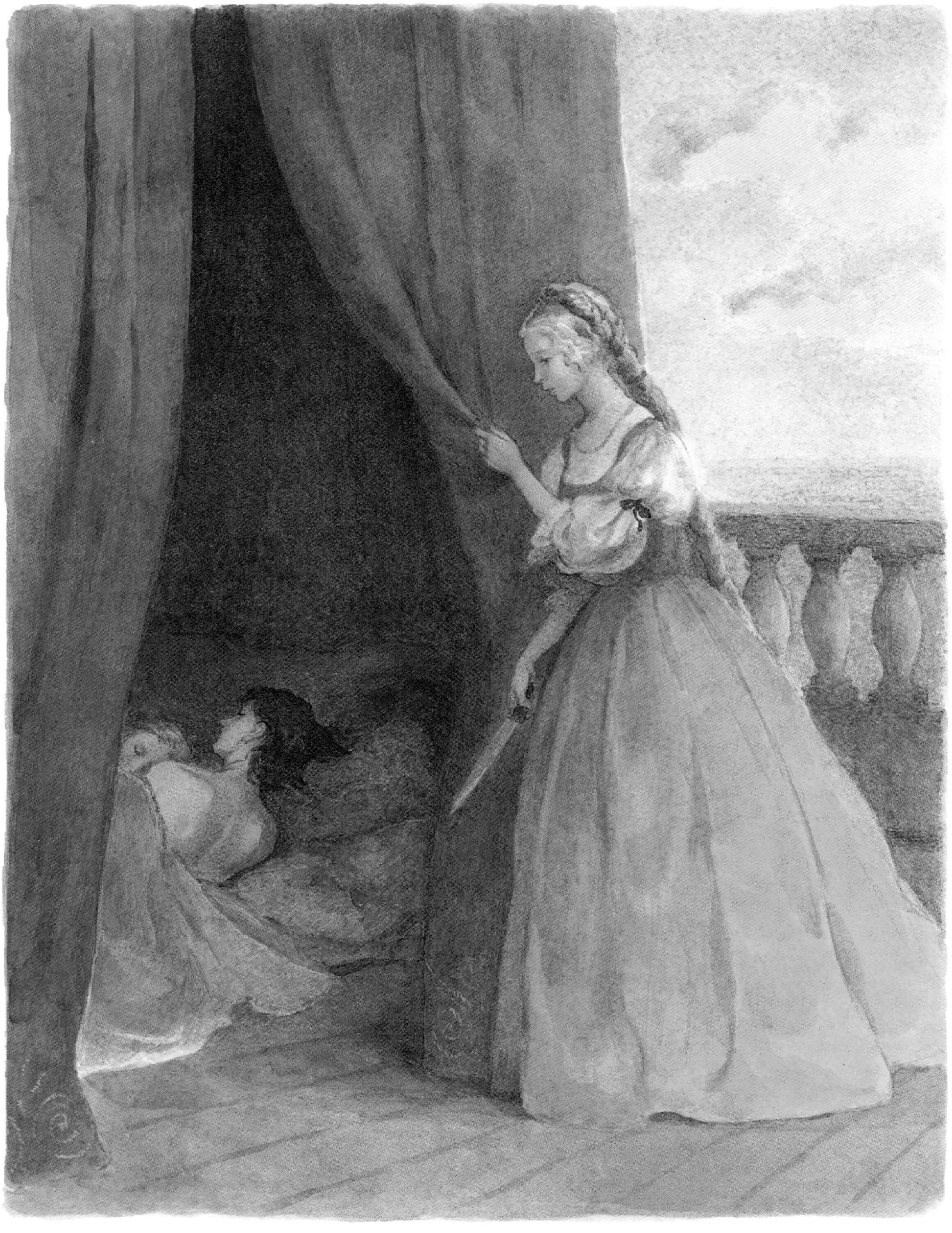

sintiendo cómo su cuerpo se convertía en espuma.

En ese mismo instante salió el sol, los rayos cayeron suave y cálidamente sobre la fría espuma y así la Sirenita no sintió la muerte. Vio el sol y que sobre ella volaban cientos de criaturas maravillosas.

Podía ver a través de ellas y sus voces eran como melodías celestiales como jamás nadie había escuchado. Volaban por los aires con una agilidad increíble.

La Sirenita sintió de pronto que tenía un cuerpo y que ascendía de la espuma del mar.

"¿Adónde voy?", se preguntó y su voz era tan celestial como la de las otras criaturas.

—Con las hijas del aire —le respondieron—. Las sirenas no tienen alma inmortal y sólo pueden obtenerla si consiguen ganarse el amor de un ser humano. Las hijas del aire tampoco tenemos un alma inmortal, pero podemos conseguirla mediante buenas acciones. Volamos a los países cálidos y refrescamos el aire contaminado que mata a los hombres. Extendemos la fragancia de las flores y transmitimos salud y bienestar. Si durante trescientos años hemos logrado hacer el bien, obtendremos un alma inmortal y podremos gozar de la felicidad eterna del hombre. Tú lo has intentado de todo corazón, has sufrido y has padecido, por lo que has ascendido a los aires. Si durante los próximos trescientos años realizas buenas acciones, podrás optar a un alma inmortal.

La Sirenita extendió sus brazos hacia el sol y por primera vez sintió lágrimas en sus ojos.

Vio cómo el príncipe la buscaba en el barco. El príncipe miraba hacia la espuma del mar, como si intuyera que se había precipitado al agua. Sin que nadie lo notara, la Sirenita besó la frente de la novia, sonrió al príncipe y subió junto con las otras criaturas a las alturas.

—Al cabo de trescientos años entraremos en el reino de Dios, pero también podremos conseguirlo antes. Visitamos, sin ser vistas, las casas de los hombres. Por cada niño bueno que encontramos, Dios nos acorta el tiempo de espera. Cuando sonreímos a un niño bueno, Dios nos resta un año. Pero si vemos un niño malo, lloramos y cada una de nuestras lágrimas significa un día más de espera.